GAEA

GAEA

The Immortal Gene
月與火犬
8 破壞神
星子 teensy—
Izumi —插畫

月與火犬

目錄

CH01 獵鷹隊

這兩個小東西，是妳的侍衛。他們會一天天長大，最後成爲人形，長伴在妳身邊，一直守護著妳，直到永遠。

妳可以替他們取個名字。

「眞的嗎？我可以替他們取名字？嗯……他們看起來還好小呢，一個樣子方方的，一個身上有短短的角，一、二、三、四、五……有五個角……嗯，取什麼名字好呢？對了，老師，那我呢？我叫什麼名字？」

妳目前沒有名字，只有編號，「no.13」。公主的名字，是要讓將來的王子取的。

「王子？」

是的，王子。王子是妳生命中的答案，妳是不是覺得有個模糊的人影時常浮現在腦海裡，妳想見他、想和他說話，卻不知道他是誰。

那個人就是王子。

「王子……」

是的，王子。

妳愛他，非常非常愛他。

「愛？什麼是愛呢？」

現在告訴妳，妳也不明白。再過四個月，妳會開始進入第四期發育階段，到時妳就會漸漸明白了，第四期發育階段完成後，妳會成長到人類年齡的二十歲，到那個時候，老師就會告訴妳有關王子的一切。

「二十歲？那我現在幾歲呢？」

現在？現在的妳，差不多只有人類年齡的十歲吧。

□

月光睜開了眼睛，警覺地自床上翻身而起，只聽見唧唧的金屬碰撞聲，她的左腳踝被繫了個東西，是個金屬鐐銬，上面連著一條金屬鎖鍊，一路延伸至床下。

這兒並不是她原本的房間，而是狄念祖的房間。

狄念祖半躺半坐地窩在一張灰色長沙發上，把玩著擺在膝上的筆記型電腦，他的左手被接了回去，手腕上包裹著幾圈繃帶；另一邊，溫妮端著書，坐在近門處一張單人小椅上。

「妳醒啦。」狄念祖打了個哈欠。

「……」月光一時間不知該作何反應，下了床，緩緩走到狄念祖面前。

「別想動手喔。」狄念祖連忙將筆記型電腦擱得遠些，說：「妳應該知道，妳不是我的對手，妳敢亂來，我會叫她殺了妳的王子。」狄念祖伸手指了指守在門前的溫妮。

「你……」月光瞥了溫妮一眼，皺著眉、抿著嘴，低著頭好半晌不出聲，突然身形一竄，往門口直奔。

下一瞬間，她似乎想起了什麼，在距離溫妮尚有一公尺處陡然停下，低頭看著自己腳踝上的鐐銬，她知道這是一種以高強度合金打造的鐐銬。月光回頭，只見那鎖鍊自床下伸出，已經被她拉得筆直，即便她伸長了身子，也僅能再往前一公尺左右，剛好勉強勾著溫妮蹺著的腳尖。

溫妮一點也沒有被月光的舉動嚇著，只是淡淡笑著，拿起一旁矮几上的茶杯，輕啜了一口紅茶。

月光抿著下唇望著溫妮，又回頭看了看狄念祖，說：「我的米米和皮皮呢？還有……其他小朋友呢？你們把他們怎麼了？」

「放心吧，他們很健康。」狄念祖說：「他們待在妳原本的房間裡，我說過了，他們是我的朋友，我對他們很好。」

「至於妳嘛，既然妳不做我的朋友，就只能做我的俘虜了。」狄念祖嘿嘿笑著，指著窗戶的方向，此時大窗內側多了一道金屬柵欄，材質與先前黑雨機構通道中的攔阻門相同。「我勸妳乖一點，平常妳不管是要睡覺、洗澡，或是吃喝拉撒都行，但就是不能外出。只要妳乖乖待著，妳的王子跟妳的小侍衛都會平安無事，妳要是輕舉妄動，就難說囉。」

「……」月光見狄念祖神態輕佻，心中有氣，卻拿他莫可奈何，默默俯身拾起腳上的鎖鍊扯了扯，果然堅實牢靠，除非將腳鋸斷，否則無法掙脫。

「對了，先提醒妳。」狄念祖見月光一語不發地盯著腳上的鐐銬，就怕她一時衝動，當眞將腳給折了，便隨口胡謅：「妳的腳鐐，還有這房間都裝著感應器，不管妳用什麼方式解開腳鐐，或是離開房間，妳的王子可是會遭殃的，他們會把他五馬分屍！別說我沒提醒妳，妳現在站的位置就有點危險，離門太近了，說不定他們的監測器已經要開始嗶嗶叫囉！」

月光莫可奈何，乖乖回到床邊，在床沿坐下，她見狄念祖瞅著自己笑，心中有氣，背過身去，默默流了些眼淚。

不知過了多久，她聽見身後傳來了打呼聲，轉頭，只見狄念祖已躺在沙發上呼呼大睡，又見另一邊溫妮也闔上了書，閉目靜靜坐著，月光緩緩站起，向狄念祖走近兩步，似乎猶豫著該不該突施奇襲，制伏狄念祖，作為威脅，但轉念一想，自己腳下還鎖著鐐銬，即使制伏了狄念祖，必定會驚動門邊的溫妮，或許會連累到王子，只得作罷。

她回到床上，只覺得腦袋又暈又疼，便躺下歇息，不知不覺又睡著了。

□

翌日，狄念祖醒來，伸了個懶腰，上廁所梳洗一番，走出浴廁時，見月光仍沉沉睡著，不禁噗哧笑了笑。「還眞能睡。」

另一邊，溫妮正持著手機，低聲通話，一連回答了數個「是」之後，結束了通話，問狄念祖：「昨天你忙了一個晚上，有結果嗎？」

「沒有。」狄念祖搖搖頭。「遊戲的內容，妳應該也很清楚，我覺得少了個『Key』。」

「Key？不錯的形容。」溫妮說：「在『火犬獵人』裡，幾乎可以在任何地方叫出對話框，輸入任何訊息，卻沒有一丁點該如何進行遊戲的提示，這個遊戲本身就等於一個密碼鎖，組合接近無限大，另一方面，包藏著資料文件的壓縮檔本身經過多重壓縮，且是你父親以自己寫的壓縮程式壓縮出來的檔案，我們有一個小組針對壓縮檔本身破解，至今也解不開。」

「嘖嘖。」狄念祖攤了攤手，笑著說：「他不像是個喜歡惡作劇的人，不過這個爛遊戲，確實整到了不少人。」

「跟他那次的攻擊行動比起來，這遊戲只能算是小菜一碟。」溫妮這麼說，接著向狄念祖招了招手。「我也要開始工作了，我希望你跟在我身邊。」

「妳特地準備了我的房間，卻要我跟在妳身邊？」狄念祖不解地問。

「房間本來是替你準備的，既然你讓她待在這房裡，我只能讓你跟著我了。」溫妮指著月光，說：「你太鬆懈了，昨天晚上她差一點就要出手攻擊你，在最後關頭，或許她顧慮會驚動我，才沒有下手。」

「哦？」狄念祖有些驚訝，轉念想了想，點點頭。「對她來說，我只不過是個壞人，她的王子才是她的真命天子。無所謂，反正我也沒多久可活了，死在她手中，總比之後漸漸變成一隻大螃蟹，臭死在路邊好。」

「如果你表現好，我們有可能正式吸納你，也會盡量醫治你的身體。」溫妮一面說，招呼狄念祖出門，領著他乘坐電梯，一路直達頂樓。

他們走進了一間像是作戰會議室的大房間，裡頭其中一面牆，是整面巨大螢幕，分割成數個畫面，一旁有個五人小組專責操縱這個巨型螢幕的畫面切換。

另一旁也有數個小組，各自在自己的會議小桌前圍成一圈，忙碌地以通訊設備對外聯絡。

另有一組人員，一見溫妮進來，立刻圍了上來，簇擁著溫妮來到她專屬的桌前，那是張小圓桌，桌上擺著幾碟甜點，一名組員遞上一只白瓷杯子，在其中倒入熱騰騰的咖啡。

「給他也準備一份早餐。」溫妮指了指狄念祖。

「你要咖啡還是紅茶？」那人員立刻轉向狄念祖，快速問著：「蛋糕、三明治？」他們的神態、言談和舉止都顯得俐落而老練，幾乎沒有多餘的動作，就像如臨大敵的軍人，足顯出斐家治下之嚴謹。

狄念祖被這批人員散發出的濃濃戰鬥意識震懾住了，默默接過三明治和紅茶，來到溫妮身邊。

溫妮大口吃起蛋糕和甜點，她的食量比狄念祖想像中要大上許多，幾碟糕點一瞬間就被一掃而空，身旁的人員也立刻收去空盤，放上新的蛋糕。

「斐姊親自押陣？」溫妮隨口問。

「是，她想要找機會試試自己的力量。」一名組員回答。

「哦？」狄念祖想起昨日斐姊被糨糊等小侍衛齊力打進牆裡，卻毫髮無傷，顯然斐姊的身體也經過了某種程度的改造。

「三地人員都準備好了？」溫妮問。

「全都準備好了。」組員回答。

狄念祖留意到那巨型螢幕牆上十數個不停變化的畫面，約略可以分成三組，是三處不同的地方。

螢幕牆左側數個畫面顯示的地方是奈落；右側則是黑雨機構。

顯示著奈落與黑雨機構的十來個畫面不時切換，有些是監視器回傳的畫面，也有手持攝影裝置拍攝的畫面，兩地都有第五研究部的人員居中指揮、監控、拍攝影像。

中央一個較大的畫面，似乎是一處位在海岸邊的工廠園區，周遭有不少黑衣人站崗監視。

「回報現況。」溫妮自一名組員手中接過一只無線滑鼠，她一手優雅地端著一片起司蛋糕，輕咬一口。

「大少爺回報，奈落已準備萬全，隨時都能迎戰，最近一批敵軍距離奈落不到三公里。」一名組員大聲應答：「最快五分鐘後就會抵達。」

另一名組員立刻接上：「黑雨機構主要器材、重要物資人員和研究項目，已經整備完成，十分鐘前已經上路，沿路毫無阻礙的話，一小時內可以抵達奈落。另外，阿耆尼基因宿主已經搭上直升機，二十分鐘內可以抵達這裡。」

那組員邊講，一面以手勢向身後一張桌子快速指示，巨型螢幕牆上一角出現一個畫面，是運輸直升機內部的情景。

果果抱著一籃零食，悠哉吃著。

「哦！」狄念祖見到許久不見的果果，比起之前略微發胖，果真如吉米所說，將她養得極好。

果果身邊還坐著一名少年，少年面容削瘦，但神情卻隱隱露出一股堅毅氣息，那是阿嘉。此時的阿嘉，雖然臉色青慘，像是體弱多病的國中生，但四肢並無鐐銬，眼神中的殺氣也淡了許多，甚至有些輕鬆自在。原來果果終究感念著阿嘉數次維護她，即使被吉米俘虜，也要求吉米不得再虐待阿嘉，更要他們治療阿嘉的傷勢，讓阿嘉擔任她的護衛。

由於果果是阿耆尼基因的宿主，不管對袁唯還是第五研究部而言，都是關鍵人物；吉米有太多玩物可玩，也大方地給予這「貴客」一些特權，不僅派人治療阿嘉，也正式讓阿嘉擔任果果的隨扈。

此時阿嘉穿著簡單的便服，靜靜坐在果果身旁，一語不發，偶爾接過果果遞來的糖果，便開心地咧開嘴巴，露出尖銳的利齒，呵呵地笑上幾聲。

「小女孩隨行護衛戰力如何？」溫妮問。

「除了運輸直升機上的一批護衛夜叉和那阿修羅之外，還有一架運輸直升機，裡頭有一批飛行部隊，另有兩架直升機跟在後頭，但黑雨機構沒有配備攻擊直升機，機上也只有普通武裝士兵。」組員回答。

「吉米現在人在奈落，黑雨機構這兩路運輸由誰負責？」溫妮眉頭一皺，不悅地問。

組員回頭，以通訊設備和後方一批組員交換了情報，立刻回答：「是幾個吉米的手下，還有一個叫『威坎』的老傢伙，那是三號禁區裡投降那些傢伙中的領頭之一，吉米似乎很賞識他的能力，將黑雨機構一部分的護衛職責交給這位威坎負責。」

「嘖，原來是三號禁區那些低等原始人。」溫妮不屑地說：「派四架阿帕契、兩隊『天空戰鬥團』去接應，小女孩才是這次運輸重點，地上那些傢伙，是要送去奈落當肉靶的。」

狄念祖聽溫妮隨口吩咐，不禁訝然，他可沒料到這第五研究部裡竟然連阿帕契戰鬥直升機都有。

溫妮又問：「吉米身上的東西裝好了沒？」

「現在正在手術中，還需要三小時。」組員回答。

「趙水有一種叫作『噬肉蟲』的寄生蟲，我大力推薦用在吉米身上。」狄念祖忍不住打岔，他一聽即知斐姊對吉米這牆頭草並不信任，必定是要在他身上裝點類似自己脖子上的電擊器了。

「第一波敵人已經抵達奈落一公里外。」組員回報。

巨型螢幕左側畫面快速變化，數個小畫面合成爲一個中型畫面，那似乎是由安裝了望遠功能鏡頭的攝影機所拍攝到的畫面，畫面顯示一條山路，數十輛大型貨櫃車正魚貫駛來。

同時，空中也飛來數架運輸直升機，直升機艙門敞開，站著幾隻夜叉。

巨型螢幕牆上的奈落這方畫面，則靜悄悄一片，高聳圍牆幾處監視塔僅架著監視攝影器，幾乎無人看守。

貨櫃車紛紛在奈落圍牆那敞開的大門前停下。

後頭一輛車上，下來兩、三名身穿寬大斗篷的夜叉，以及一名身穿異樣長袍、戴著白色面具，胸口掛著一枚奇異胸章的傢伙。

那是袁唯旗下組織「神之音」的成員。他領著三名夜叉，自遠處走向奈落大門，在大門前停下，向幾處監視高台張望一番。

那些監視高台玻璃碎裂，甚至還留有血跡，大門後頭還散落著幾具屍首。

那神之音成員似乎有些猶豫，取出對講機，不知向誰回報；片刻之後，朝著門內一指，身邊三名夜叉飛也似地竄進奈落，先是張望一番，接著分爲三路，朝不同方向趕去，像是斥候一般。

「哼哼。」溫妮望著畫面，笑了笑。「通知大少爺，獵物上門。」

「我看到了。」斐漢隆的聲音自一具擴音設備傳出。

接著，螢幕牆上其中一處小畫面出現一個不時晃動的影像，時而傳出不知是什麼獸類的低吼聲。

狄念祖起初看不明白，但隨著鏡頭一轉，原來是數頭樣貌類似獅子老虎的大型貓科動物，牠們的額頭上加掛了攝影鏡頭，此時眾人所見到的畫面，便是其中一頭獸額上鏡頭所攝得的畫面，那大貓腦袋左顧右盼，聽見了斐漢隆的喊聲，便轉頭望去，鏡頭正中，那蹺著二郎腿的剽悍男人正是斐漢隆。

斐漢隆似乎正在用餐。他對著幾頭大貓指著螢幕，上面重播著剛才大門監視器所拍下的夜叉身影，笑著說：「這是你們的目標，去——」

只見畫面快速一晃，變了個方向，往外頭飛竄而出。

狄念祖認得附近環境，那是他最初在奈落待的地方，也就是趙水那棟實驗室樓房。

那些大貓速度快得幾乎超出額上無線監視器的網路傳輸效能，回傳畫面變得片片段段，接著，又一處小畫面開始變化，那是由奈落幾處高樓上裝設的攝影機所拍攝到的畫面，那些攝影機上加裝著望遠鏡頭，只見畫面逐漸放大，五頭大貓，兵分三路，兩頭往左、兩頭向右、一頭居中，逐漸奔遠。

狄念祖打岔問：「我還沒搞清楚狀況，現在是誰打誰？是袁唯打來了嗎？」

「是神之音。」溫妮吃著各式各樣的蛋糕，一面盯著大大小小的螢幕，飛快向身後數名組員下達指示，那些組員再回報給後頭數個小組，她似乎能夠一心多用，便也不介意狄念祖插嘴，隨口回答：「那是袁唯一手打造的組織，名義上替聖泉宣傳威名，暗地裡收買或者威脅各國政府高層，讓聖泉在全世界任何一個國家，都能凌駕於當地法律，橫行無阻。現在那些傢伙看起來倒成了袁唯的教徒，那人真是有趣。」

「教徒啊……」狄念祖想起來，當他身處黑雨機構頂樓，被袁唯折騰時，也見到一些類似裝扮的傢伙。

「現在袁唯應該還無法出面主導一切。大型基因改造，即使中途中斷，也需要時間休養，神之音大概是得知奈落情勢生變，怕袁唯醒了怪罪下來，只好擅自主張出兵鎮壓了，看我怎麼幫斐姊打跑這些傢伙。」溫妮自信滿滿地回答。

狄念祖看著巨型螢幕，只見另兩處畫面也開始變化。

黑雨機構車隊已經出發，螢幕分爲兩部分，一部分是天上的果果，一部分是運輸車隊，車隊朝奈落前進，果果則往這火炎山基地飛來。狄念祖心想若是月光見到果果，或許能夠想起些什麼。

「斐姊，奈落即將開戰；黑雨機構的車隊也已經出發，追兵逐漸接近中；至於妳那兒，所有槍手都鎖定目標了。」溫妮對著一名組員遞來的通訊設備這麼說。

「讓袁唯瞧瞧，軍事家和宗教家之間的差別。」斐姊的聲音也從另一處擴音設備傳出。

「是。」溫妮點點頭，跟著說：「行動。」

隨著溫妮下令，顯示著海岸工業園區幾個畫面立時放大，顯然有好幾具攝影機自遠處從各個角度拍攝那個半廢棄了的工業園區。

只見本來圍佇在園區四周的黑衣人，幾乎在同一瞬間倒下。

那是被狙擊槍擊中的反應。

接著，幾輛不起眼的車輛在駛近圍牆大門處時，陡然一齊停下，車內奔下一批褐色袍子的高大傢伙。

那十來個褐袍傢伙身手俐落，快速奔進園區，同時畫面切換，那些褐袍傢伙身上也裝設著微型監視器。

對面，一批灰袍夜叉擁出，顯然發覺有敵人入侵。

那些夜叉見到了擁入的敵人，似乎有些訝異，但還是張開雙臂，彈出銳利尖甲準備迎戰。

這頭的褐袍傢伙們也紛紛揚起手臂，狄念祖瞪大眼睛，自交錯拍攝的畫面中認出第五研究部這批褐袍傢伙，也是夜叉，但與袁唯那方的夜叉有些不同，第五研究部的褐袍夜叉們，在那不起眼的褐色袍子底下，配備著極為精良的武器。

雙方瞬間接近，交戰。

灰袍夜叉掃來的利甲，劃開了褐袍夜叉身上的袍子，卻無法穿透袍子底下的金屬厚甲。

褐袍夜叉手中的軍用短刀，則精準插入灰袍夜叉的胸膛。

這短暫的近身戰，幾乎在交戰的第一時間內便分出了勝負，灰袍夜叉的斷手斷腳、鮮血肉塊，瞬間飛撒漫天，他們紛紛倒下。

畫面繼續向前，前方出現第二批夜叉，隨著幾聲咆哮，一間工廠二樓的破窗，躍下兩隻紅髮壯碩的大傢伙，狄念祖認得這凶惡的神情和濃濃的殺氣，那是阿修羅級別的兵器。

「那地方有阿修羅，妳們也快派阿修羅，只有夜叉肯定打不贏。」狄念祖在一旁插嘴。

「那可不一定。」溫妮一派輕鬆地說：「我們的夜叉隊跟袁唯的夜叉不一樣，我們是現代人，拿武器的，武器大大縮短了體能上的差距，這是宗教狂熱份子所忽略的事實，我們會讓他正視這個事實。」

「我們的夜叉部隊，代號是『獵鷹隊』。」溫妮這麼補充。

溫妮尚未說完，只聽見衝鋒槍聲大作。

那是緊隨在第五研究部獵鷹隊身後的武裝部隊開的槍，那批武裝傭兵三五成群、各自散開，有的與獵鷹團一齊攻入建築，有的佔據了好位置，伺機待戰。

對面兩隻阿修羅嘶吼著衝來，儘管身上多了些彈孔，但他們似乎不太畏懼衝鋒槍的攻擊。

但他們在奔至距離獵鷹隊約莫十來公尺處時，突地猛然顫抖幾下，腳步緩了下來，他們的肩上、臉頰，都多出了新的彈孔，第五研究部顯然在工廠園區外四周高樓上安排了許多狙擊手。

獵鷹隊的夜叉也自懸於大腿處的槍袋中掏出了槍，夜叉的手掌比尋常成年男子都要大得多，但他們手上那把左輪手槍仍顯得異常碩大，便連槍身口徑都大，外型雖然與一般左輪手槍差異不大，但尺寸已經接近尋常霰彈槍了。

狄念祖猶然記得許久之前，在前往三號禁區的路途上，隨行護衛的向城，曾使用一種叫作「沙漠之鷹」的大口徑左輪手槍，那種手槍填裝的是麥格農子彈，威力驚人，能夠在羅剎身上開出恐怖的血洞，近距離之下，甚至能夠將腦袋一擊炸去。

而此時這些獵鷹團手上那巨大左輪所使用的彈藥，威力肯定是麥格農子彈的數倍以上。

砰——砰砰——

三聲巨響，那幾乎不是槍聲，已經接近炮聲了。

前頭那隻殺來的阿修羅胸口和腰脅分別中彈，出現三處巨大血洞。

後頭的阿修羅吼叫一聲，高高躍起，他躍起的速度超出了武裝士兵的反應，一片衝鋒槍彈雨全未能跟上他。

但夜叉反應遠快過人類，立時槍口向上，連連擊發。

那阿修羅本來那麼一躍，能直接躍到獵鷹團夜叉面前，展開近身戰鬥，但他在空中無法閃避子彈，身中數槍，怒吼數聲，落地時腳步不穩，摔了一大跤。

幾名獵鷹隊夜叉卻不向前追擊，而是一躍向後，重整隊形，朝著伏在地上嘶吼的那阿修羅繼續開槍。

「好聰明！」狄念祖有些訝異，在他的印象之中，速度飛快的夜叉，由於沒有痛覺，作戰時總是死纏爛打，然而配備武器再精良，夜叉與阿修羅的肉體強度仍是天差地別，倘若那時獵鷹隊夜叉們見那阿修羅倒地，便一擁而上，或許此時要被撕裂一半以上了。

但第五研究部這批獵鷹隊的夜叉，就像是接受過獵捕大型猛獸的訓練一般，即便對方倒地，也不急躁追擊。

「這是……刻意針對阿修羅設計的圍捕戰術嗎？」狄念祖忍不住發問。

「沒錯。」溫妮笑著說。「怎麼樣，見識到了吧，這是文明與原始之間的戰爭，從很久以前開始，決定勝負的關鍵，就不再是肉體力量了。」

「這倒是。」狄念祖點點頭，同意溫妮這番話，事實上聖泉能夠掌控全世界的政府，靠的也不是阿修羅有多悍、夜叉有多凶，而是神之音的政治影響力。

斐家自知在研究進度上不如有著南極杜恩撐腰的袁氏本家，因此集合了家族的軍火長才，投入大筆資金進行武器開發，配合生物兵器的能力，製造合適的專屬武器。

與袁唯醉心打造那種有如古羅馬競技場上，純粹肉體力量展現的怪物相比，斐家更像是打造著專業軍隊，他們的阿修羅數量遠不如此時的袁唯勢力，但是一旦配備了合適的武器，一隊獵鷹隊，搭配人類士兵，就能夠壓制住一隻或數隻阿修羅。

「哈哈哈哈哈！」斐漢隆的笑聲，自擴音設備中發出，將狄念祖從遙想中拉回。

只見奈落畫面裡，兵分三路的五隻大貓，其中兩路已經尋覓到闖入的夜叉，且將之咬死。

居中的那隻大貓，也已經逼近那不停向前的夜叉。

大貓減緩了速度，將身子隱匿在樹叢之中，夜叉持續向前，一面張望，一面手持通訊設備，向大門外車隊回報偵查結果。

大貓緩緩向前，動作極其輕柔，一點也沒有方才狂奔時的狂暴氣息，那眞的就是一隻貓的樣子。

隨著夜叉繼續向前奔跑，大貓已經繞到了夜叉身後十公尺之處。

夜叉停下腳步，似乎嗅到了殺氣。

他轉身，盯著那處樹叢，大貓就伏在那兒。

夜叉揚起手，彈出有如刀刃般的利甲，正要趨向前，突然身子一顫，停下腳步，摸了摸頸子，拔出一支像是吹箭的十來公分銳刺，夜叉立刻抬頭，四顧張望。

「咦！」狄念祖大感訝異，他以爲會見到夜叉惡戰大貓的場景，但見那夜叉的反應，顯然是發現了四周樹上還有其他埋伏。

夜叉陡然閃身，似乎在躲避著什麼攻擊，閃避數次後，夜叉陡然仰起頭，似乎鎖定了什麼。他微微彎腿，正欲往樹上躍——狄念祖順著那大貓額上的監視器畫面遠遠看去，夜叉盯著的，是樹上一隻猴子。

不只一隻。

有五、六隻，那些猴子模樣古怪，毛色是褐色摻雜綠色，攀在樹上時，有著迷彩、擬態的效果，不仔細看，很難認出那是猴子。

怪猴子手上拿著長管，腰間懸著一只布袋，不停在樹上穿梭飛躍，向下吹箭。

夜叉鎖定了某隻猴子，逮了個機會要向上躍去，但他僅躍起兩、三公尺，便無力地落下地。

樹上立時又射來好多支吹箭，全射在那夜叉身上。

「箭上有毒！」狄念祖猛地醒悟，他記得以往夜叉一躍能夠躍起好高，此時畫面中這隻夜叉明顯虛弱許多。

接著，畫面瞬間向前拉近，跟著是一片凌亂閃爍，鏡頭被砂土和血沾得模模糊糊——是大貓發動了攻擊。

「解決。」斐漢隆大力歡呼一聲。

「又來三隻。」溫妮說。

「我看到了。」斐漢隆哼哼地說：「大姊太小看我這批戰士了，何必這麼麻煩，讓他們進來，一字排開，我一次收拾掉，豈不省事。」

「漢隆，我聽得見你說話。」斐姊的聲音也響起，他兩姊弟分處二地，透過通訊系統，與溫妮三方對話。「乖乖照溫妮的計畫行事，姊很忙，話不想重複講第二次。」

「好忙喔，不想重複第二次……」斐漢隆嘟嘟囔囔地向身旁隨從埋怨的說話聲自通訊設備傳出，心不甘情不願地應答：「好啦，我知道了，這次讓溫妮玩，下次一定要讓我表現，我讓妳們見識我的戰法。」

「你想爭取下一次作戰指揮權，先讓姊看看你這一次的執行力。」斐姊冷冰冰地說。

「喲，瞧不起我就對了。」斐漢隆哼哼說著，接著下令。「小貓們，新獵物又來了，出發，猴子們負責掩護。」

此時奈落幾處螢幕再次變化，又變化成數個小畫面，這次五隻大貓兵分五路，分別往五個不同方向奔去。

狄念祖從另一個遠處監視畫面中看見，第二批斥候夜叉已經分頭潛入奈落，由於奈落佔地遼闊，那些夜叉們似乎想探看情勢，其中兩隻夜叉往月光先前待著的木造小別墅趕去。

兩隻大貓，一前一後遠遠地包夾而去。

兩隻夜叉停下動作，發覺到近逼的大貓。

「吼——」大貓壓低身子，發出威嚇般的低吼。

「新物種？還是野獸？這裡發生了什麼事？你們聽得懂人話嗎？」兩隻夜叉警戒地喊，他們的聲音透過大貓頸上通訊設備，回傳至溫妮的作戰指揮部。

「猴子，先別動，夜叉跑很快，你們騙他走近點！」斐漢隆的指揮聲音急急傳出，原來那些大貓、吹箭猴子們，身上都配備著雙向通訊設備和監視設備，直接由斐漢隆在遠處指揮。

「騙他，猴子，騙他啊——」斐漢隆嘿嘿笑著說：「你們不是最會騙人了嗎？」

「這裡出事了——」一個尖銳的說話聲響起。

「唔？」狄念祖瞪大眼睛，忍不住向前走了幾步，湊近那巨型螢幕牆奈落處兩個小畫面，仔細瞧著，由於那是兩隻大貓額上的監視攝影機所拍攝到的畫面，狄念祖聽不清那尖銳的說話聲究竟從何而來。

但隨著一個東西自畫面外躍下，他看清楚了，那是方才的吹箭猴子。

吹箭猴子甫落地時，身子還是青藍色的，但落地後向前走了幾步，毛色竟然漸漸與草地同化，下半身轉爲綠色，上半身則緩緩化爲褐色，原來這些猴子有著如同變色龍的擬態能力。

接著，狄念祖仔細看了對面那隻大貓遠遠望去的畫面，果然見到前一隻大貓，身邊出現四、五隻小猴子，那些猴子搖搖晃晃地自大貓身邊現身，一個個擬化出不同顏色，原來斐漢隆派出大貓時，這些猴子便一路隨行，以帶毒的吹箭掩護大貓。

「發生什麼事？」夜叉喝問。

「猴子，你就說……」斐漢隆低聲下達指示。

那猴子照著斐漢隆的指示說：「奈落出事了……奈落王反叛，殺了吳高一大票人，地牢裡的實驗品全都跑出來了，大家打成一團……亂糟糟呀！」

「關我屁事——」狄念祖大聲抗議，卻被一個組員拉離了螢幕，對他說：「你擋著螢幕了。」

兩隻夜叉交談一會兒，以通訊設備向大門處的車隊回傳，又問：「奈落王現在在哪？」

「他……他挾持了吉米，死守洗腦實驗室……趙水帶著大批衛兵殺了進去，現在情況如何，我們也不知道啦……」那猴子煞有其事地說。「袁唯大人怎麼還不來救我們呢……」

「奈落王身邊兵力多少？」夜叉問。「可有受傷？」

「他有批死忠親衛隊，都受傷啦，他自己也受傷啦……但還是不好對付……」一隻猴子氣呼呼地指著洗腦實驗室的方向。「你們是夜叉？那還不來幫忙——」

兩名夜叉互望一眼，持著通訊設備回報幾句，便朝幾隻猴子走去。

「上！」斐漢隆突然一聲叱喝。

附近砂土處又竄起三、四隻猴子，將吹箭管子對準了夜叉，射出吹箭。

兩名夜叉猛然一驚，摸了摸頸子，拔出頸上幾支吹箭，還不知發生了什麼事，原來那些猴子分成了兩批，一批現形說話時，另一批仍然擬態伏在砂土草堆裡，讓毛色與四周同化。夜叉大部分的注意力都放在大貓和那些說話的猴子身上時，擬態中的猴子仍靜靜等待斐漢隆的號令，直到夜叉走過牠們身旁，才自夜叉背後吹箭。

「射中了、射中了！」猴子們一哄而散，有的撲進草堆裡，又將身子擬化成砂土顏色或是青草顏色，有些攀上大貓身子，毛色便漸漸與大貓毛色合而爲一。

兩名夜叉中了吹箭，正訝異著，前後兩隻大貓便衝了上來，將兩名夜叉撲倒在地，咬去了他們的腦袋。

CH02 地龍蟻虎

公主、公主！妳看，又是這兩個小人！我發現的，是我發現的！

「咦？又是這兩個小人啊，好多地方都有這些小人耶，到底是誰畫上去的呢？」

公主，我們也來畫，我們把所有的小人都找出來，好不好？

「好呀，可是我們沒有筆……」

我們有筆！公主，妳看！

「咦？怎麼來的？」

我昨天在山下撿到的……山下有些房子，裡面住著人，我趁他們睡覺的時候從他們房子裡撿來的……公主，我要用這個顏色……唔，不，還是這個顏色好了……石頭，換你挑一個顏色，我們在那兩個小人旁邊，畫上新的小人……嗯，嗯嗯，石頭，你的顏色比較好看耶，跟我換好不好……不行，你一定要跟我換，彩色筆是我撿到的！

「你們不要吵架！」

公主，妳當裁判，我跟石頭來比賽，看誰找到的小人多……

「你們比賽，那我呢？我也想找小人啊。」

公主，妳也一起找，不過我跟石頭分開找，誰找到的小人多，誰就是哥哥，哥哥可以跟公主一起睡覺，弟弟只能睡床鋪底下。

不……要……

石頭，不可以不要！總之就是這樣子決定啦，我剛剛已經找到七個小人了，預備、開始！

□

晴空萬里，運輸直升機的螺旋槳轟隆隆地疾轉。

果果神情悠哉地望著天、吃著糖，哼著流行樂曲。

身旁的阿嘉突然挺直了身子，眼中射出精光，他轉頭望向窗外，咧開嘴巴，喉間發出呼嚕嚕的威嚇聲。

「四架阿帕契已經與阿耆尼基因宿主座機會合，後頭發現敵軍，是數十架直升機，和……很多鳥人！那是鳥人羅刹！」一名組員這麼報告。「但現在是白天……」

「白日羅刹？神之音，你們讓老闆露餡了。」溫妮點點頭，接著問。「那些鳥人拿著什麼武器？」

「尖叉，是電擊尖叉。」組員回報。

「拿著叉子的鳥人，那不是活靶嗎？」溫妮哈哈一笑。「殲滅他們，一隻不留——」

四架阿帕契分成兩邊，護送果果座機，果果座機後方數百公尺處，有數架直升機全速追來，那是神之音的追兵，前方則圍來了上百隻鳥人。

果果座機與隨行護衛直升機將速度放緩，準備迎戰。

與果果座機同行的運輸直升機打開了艙門，擠出一群奇形怪狀、長著翅膀的異獸，這些異獸都是黑雨機構的實驗品，稱不上成功，也不致於失敗，牠們手上都持著尖叉、刀刃之類的武器，此時全被趕出機艙，其中有幾隻傢伙雖然長著翅膀，但不太會飛，一被裡頭的衛兵踢出機艙，便哀號著墜落，直到不見影蹤。

「這就是吉米花費了我們第五研究部大筆資金，研究出來的東西？」溫妮皺了皺眉。

「他的本業是虐待、玩女人跟拍馬屁，偶爾兼職研發。」狄念祖忍不住在一旁插嘴：「我不懂爲什麼你們會重用這麼一個廢物。」

「袁燁身邊全是廢物，我們只能收買到廢物。」溫妮沒好氣地答，接著下令：「換我們的『空軍』登場了。」

溫妮尚未說完，與阿帕契一同來援的兩架運輸直升機也分別打開艙門，機艙內擺著數只直立大箱，每只大箱上都有一扇扇小門，外觀上倒有些類似車站設置的保管箱，數名研究員來回操縱著箱上控制儀器面板，那些小門一扇扇開啓。

嘎——

嘎嘎——

自那小小箱格中鑽出來的，是一隻隻黑色怪鳥，這些怪鳥模樣神似烏鴉，體型卻和老鷹一般大，牠們的漆黑雙爪幾乎有成年男子手掌那麼大，胸前還伸出兩隻狀似螳螂臂的鐮狀足。

那些烏鴉躁動不已，一鑽出箱格，立時高聲啼叫，有的飛出直升機艙門，在空中胡亂盤旋、有的攀上研究人員身上尖聲威嚇、有的甚至互相攻擊、啄咬起來。

「安靜！」一聲暴吼自直升機座艙中發出，那些躁動的烏鴉立時平息下來，一隻隻飛出機艙，在直升機下方列隊盤旋。

一個大影走至機艙門邊，另一架運輸直升機艙門邊也站著一個高大人影。

狄念祖啊呀一聲，認出那兩個大傢伙，正是昨日包圍自己的其中兩個阿修羅，他急急提醒：「妳說的空軍就是阿修羅？他們力大無窮，但妳要他們站在直升機上朝鳥人開槍？你們的阿修羅打過靶子嗎？」他留意到這兩隻阿修羅，腰間繫著類似獵鷹夜叉團的配槍和戰刀。

「他們個個都是神槍手。」溫妮哼哼地說：「不然，你以爲斐姊這批阿修羅軍團都以鳥爲名，是爲了什麼？」

只見兩架直升機上的阿修羅彎下腰，蹲伏在機艙門邊，神色猙獰，他們的後背與肩胛骨劇烈地隆動著，刷地長出了黑色羽翼；同時，他們的肩頭、脅下也各自伸出四臂，一共是一對翅膀、六隻手。

兩隻阿修羅幾乎同時一躍而下，他們在空中展開大翅，高聲咆哮，底下盤旋著的烏鴉群立時啼鳴應和，往兩隻阿修羅飛翔處集結而去，那些巨烏鴉顯然訓練有素，分成了前隊、後隊、左隊、右隊，井然有序地圍繞著阿修羅。

「哇！」狄念祖只記得當時自奈落轉往第五研究部的路途上，偶爾聽眾人稱呼那些阿修羅作「赤腹」、「黃鶺」，都是鳥類名字，他本以爲那只是斐姊或某個實驗人員的個人喜好，沒想到這阿修羅竟然能長出翅膀，進行空中作戰。

噠噠噠噠噠——

四架阿帕契開始向前後圍來的鳥人開火。

「黑雨機構那批傢伙，保護好阿帕契，阿帕契很貴的；赤腹、黃鶺，開路。」溫妮這麼下令，接著又說：「獵鷹一隊，建立防線；獵鷹二隊，壓制A目標；獵鷹三隊，壓制B目標；獵鷹四隊，自由搜索——斐姊，情勢控制住了，可以進去了。」

狄念祖聽溫妮後面接著的指示，才想起另一處戰場也如火如荼，連忙轉頭望向那兒幾處分割畫面，只見海岸工廠園區裡，數隊獵鷹夜叉隊已經將那兒大多數守衛夜叉及阿修羅殲滅，此時正兵分多路，探查各個可能藏匿康諾博士的建築物。

幾輛不起眼的汽車由各街口集結而來，直直駛進工廠園區，在空曠處停下，車門紛紛開啓，下來的是幾隻阿修羅和武裝士兵們，其中一輛車停在最後頭，下車的是斐姊和一名十來歲少年，那是斐家四姊弟中最年幼的斐少強。

斐少強與哥哥斐漢隆全然不同。斐漢隆身形精壯結實、皮膚黝黑，斐少強則生得唇紅齒白，是個俊美少年。

斐姊戴著無線通訊設備左顧右盼，領著弟弟斐少強和隨行助理，朝一處已被獵鷹隊壓制的建築物走去。

「溫妮，我眞的建議打出去算了！」斐漢隆不耐的抱怨自擴音設備傳出。「大貓們剛剛收拾掉第四批斥候了，那些傢伙還賴在外面，不敢進來，再不解決他們，黑雨那邊過來的人，不就剛好撞上他們啦。」

「他們慢慢來，你的大貓跟猴子們也可以慢慢收拾。若是黑雨的隊伍來了，前後夾擊，不是正好。」溫妮淡淡地回著。

「這樣我多無聊？」斐漢隆哼哼地說：「我手下不是只有大貓而已。」

「他們動了。」溫妮說：「少爺，您可以出戰了。」

溫妮說到這兒，頓了頓，補充：「少爺，您千萬別忘記，『地龍』跟『蟻虎』激動起來，敵我不分的。」

「還用妳說！」斐漢隆哈哈大笑：「這些怪東西，可是我一手設計的！」

只見奈落門外的那車隊，在派出四批斥候夜叉，都得不到回應後，顯然已耐不住性子，準備行動了。

十餘輛神之音貨櫃車隊，緩緩駛進奈落。

突然間，居中兩輛貨櫃車，車身突然向下陷，像是駛進了鬆軟土坑中；緊跟著，四周車底竄出了數條形如蟒蛇的長形怪物，那些長蛇狀物，軀體有粗有細，粗的約莫成人大腿，細的則僅如少女手腕，這些粗細不一的蛇狀物，頭部都如鉛筆般呈錐狀，分成數節，每一環節都生著鈍角，忽快忽慢地旋轉著，身上遍布著能夠扒土的怪異鉤爪。

粗細不一的地龍才竄出土，立即纏住貨櫃車身、纏死貨櫃後門、鑽入車窗、纏捲駕駛。

後頭五、六輛貨櫃車，也遭遇了同樣情形，車身陷落土中，被無數條自土中竄出的地龍緊緊纏捲。

接著，這些受困的貨櫃車周邊土地漸漸變色。

本來生著稀疏青草的土石地，鑽出了密密麻麻的褐色小東西——蟻虎。

這些蟻虎的體型從十公分至十五公分不等，外型猶如巨大化的白蟻，生著嚇人的巨大口器，牠們快速爬上這些受困的貨櫃車身，焦躁地揮動頭上觸角，來回探找。車體結構上一些凹槽、縫隙，或是任何類似入口的構造，都成了蟻虎的目標。牠們的巨大口器猶如小型油壓剪，力大無窮，像是剝果皮般箝裂車體上各處縫隙，一旦啃咬出夠大的洞口，便急躁地往裡頭鑽。

這些受困的貨櫃車猛烈掙動起來，顯然那些蟻虎在車箱中引發出巨大的騷動。

前頭六輛未被地龍蟻虎纏上的貨櫃車紛紛停下，跳下幾名披著長袍的神之音教徒，訝然地商量起對策，顯然沒料到車隊會遭遇這樣的伏擊。他們激烈討論一番，似乎有了結論，一名教徒轉身以通訊設備求援，另兩名教徒大聲吆喝，六輛貨櫃車後車門紛紛開啓，前三輛貨櫃車下來的全是夜叉。

後兩輛貨櫃車上，跳下一批武裝士兵、研究員，以及十二隻六手大傢伙，那些六手大傢伙身披五彩袍子，袍子上畫著凶猛的獅虎圖騰，六隻手上各自拿著不同兵器，分別是大刀、長劍、狼牙棒、斧頭、尖叉、圓盾，這些兵器的外型雖然仿古，但握柄處大都另有操縱按鍵，且末端處有著線路，連接著他們背後揹著的一具長箱，那長箱材質看起來像是高貴的木材，外面也刻著精緻的圖紋。

最後一輛未受地龍、蟻虎襲擊的貨櫃車，則下來一隊研究員，和三隻體型更爲高大的凶狠傢伙——阿修羅級兵器。

這三隻阿修羅，臉上都戴著金屬面具，露著一雙散發凶氣的紅瞳，身上穿著更爲華麗的戰甲，腰間佩著彎刀。

轟——

一聲巨響，受困的七輛貨櫃車中，其中一輛貨櫃轟然破開，躍出三隻同樣裝扮的阿修羅，那三隻阿修羅一衝出車，便狂暴地與四周的地龍惡戰起來。那些地龍自然不是阿修羅的對手，被一把揪住，扯得四分五裂。然則阿修羅再凶，那些地龍和蟻虎卻毫不畏懼，紛紛往阿修羅身上竄去，蟻虎以巨大的口器喀吱喀吱地鉗咬著三隻受困阿修羅的體膚，被捏碎三隻，又爬上五隻——阿修羅太凶了，凶到對這遍地打也打不完的蟻虎完全沒有懼意，也不知要奔出戰圈——負責指揮他們的幾名研究員，在阿修羅破車之前，便被蟻虎給咬死了。

「怎麼辦？要支援他們嗎？」「怎麼救啊？阿修羅很強，但是那些蟲子打不完啊？」前方車隊的神之音教徒急急交談著。

「火！」一名教徒突然嚷叫起來：「對，三頭佛的武器能夠噴火，用火燒那些大蟲子！」

在教徒與研究員的指示下，十二隻三頭佛分成三隊急急趕去，救援那些被地龍、蟻虎困住的同伴。

那三隻受困阿修羅，似乎聽見了前方研究員的喝喊指示，不再與遍地蟻虎纏鬥，而是分別趕往另幾輛猶自被地龍緊緊纏住的貨櫃車處拆卸車箱，似乎要救援裡頭的夥伴。

喀啦——在阿修羅還未來幫忙拆車前，兩輛受困貨櫃車便裂開大縫，數隻三頭佛掙扎逃出。那些三頭佛渾身是血，身上爬滿蟻虎，手上大都只抓著一、兩柄兵器。由於這些貨櫃車用來載運強悍生物兵器，車箱材質可遠比一般貨櫃車要堅實許多，強悍的阿修羅能夠立即破車逃出，提婆級別的三頭佛則得費上好大番工夫，才能擊破箱體。

另外幾輛載著夜叉和武裝士兵的貨櫃車，裡頭的傢伙們自然更爲慘烈，只見那些貨櫃車搖晃不已，且不時傳出槍聲。

三名受困阿修羅一面拍著爬上身的蟻虎，一面協力拆車。他們扯裂那些地龍，亂踏遍地蟻虎，吼叫一聲，讓雙肩與脅下各突出四臂，也成了六隻手，他們有的用大手扳扯車門、有的揮拳亂擊貨櫃，但不停自地下鑽出的蟻虎，一口一口咬下這三隻阿修羅雙腿和身上的血肉。

「怎麼辦？李祭司還在裡頭，要不要把這三隻阿修羅也派去？」

「你瘋了，要是這裡也爬出那些蟲子怎麼辦？這三隻阿修羅當然要留在這兒保護我們。」

「我看李祭司逃不出來了……」

那叫作李祭司的傢伙，似乎是前方車隊幾名神之音教徒的長官，他乘坐著的倒數第三輛貨櫃車，在蟻虎鑽入的第一時間中曾激烈晃動了一下，但很快便再無動靜。那輛貨櫃車中大都是教徒與武裝士兵，並沒有強力兵器隨行，車箱被地龍緊緊綑著，無法從裡頭開啓。

那十二名三頭佛趕到了蟻虎範圍外數公尺處，挺起尖叉，指著前方蟻虎，按下操作開關，尖叉上一處噴射孔立時噴出柱狀火焰。

數條地龍自三頭佛周身竄出，幾名三頭佛反應迅速，揮動大刀，瞬間便斬死那些地龍，他們一面放火前進，兵分多路支援阿修羅。

「狄念祖，你看，這就是野蠻人跟文明人在戰場上的差別。」溫妮得意地望著奈落那幾處鏡頭，還不時一面向其他戰場下達指示。

「嗯。」狄念祖點點頭，他無法將視線完全投射在奈落的戰場，而是不停轉移目光，看看空戰、看看地戰、看看斐姊那兒情勢、看看黑雨車隊運輸路況，黑雨車隊也與追兵短兵相接，兩邊的武裝士兵和生物兵器交戰遊鬥，由於最重要的果果早已登上直升機趕往這兒，因此溫妮對這處戰局漠不關心。

「眞的有差。」狄念祖隨口給了評價，只見果果那方的空中戰事，袁唯追兵雖多，但那些鳥人持的是放電尖叉，遠遠地便被阿帕契的機槍打得四處亂竄，有些鳥人們集結成隊，想要衝來，但總被黃鶺和赤腹領著烏鴉群攔下。那些鳥人在生著翅膀的阿修羅面前，如同撞見了大鷹的麻雀，一下子便被殺散，赤腹和黃鶺甚至連腰間的佩槍都未拔出，光是以拳頭和搶來的尖叉，便擊潰了這些鳥人部隊。

緊追著果果座機的幾架神之音直升機上，似乎也搭載著阿修羅級別的兵器，但他們不會飛，僅能遠遠地攀在艙門處觀戰。

且那幾架直升機在接下來數分鐘內，便被阿帕契發射的飛彈擊落了，機上的阿修羅尚未動手，便與四分五裂的直升機碎片一同墜落下地。

「神之音動用的兵力雖多，但……」狄念祖將視線轉回奈落戰場。「感覺打得很沒有效率……」他望著奈落戰場上那些手忙腳亂，甚至受限於自己燒出的火海而進退不得的三頭佛，和那些雙腿快要被蟻虎啃光血肉的阿修羅們。「十幾輛車才開進大門，就快要全軍覆沒了……」

「光是在武器上，敵我之間，就有著明顯的差異。」溫妮點點頭。「阿修羅級別以上的生物兵器，其基因難以量產，得花費漫長的時間培養，每一具阿修羅都是珍貴的資產，然而我們替夜叉量身打造專屬刀、槍武器和高強度護甲，讓他們接受專業的軍事訓練、專業的戰術加上先進武器，讓我們的獵鷹隊能夠以夜叉壓制阿修羅。」

「嗯，使用武器的人類，也能夠獵殺獅子和老虎，甚至是恐龍。」狄念祖隨口附和。

「你看看那些教徒帶來的阿修羅和提婆，他們的打扮跟武器很漂亮對吧，刀劍還會噴火，好有趣呢！」溫妮推了推眼鏡，又拿起一塊起司蛋糕，邊吃邊說：「簡直就是雜技團。」

「只可惜，在戰場上，雜技團是打不贏軍隊的。」溫妮將手中的起司蛋糕全塞進了嘴裡，不知不覺，她的桌前又堆滿了白瓷空盤，身旁的組員收去那些空盤，又遞上三盤不同的精緻蛋糕。

數架直升機飛到了那些不知所措的神之音教徒上空，機艙門打開，伸出數架衝鋒槍，自其中一架直升機內探出身的正是斐漢隆，他一手抵著艙門，一手持著對講機，說：「開槍。」

「哇──」幾名神之音教徒抱頭鼠竄，身邊的武裝士兵也立時舉槍回擊，但他們腳下的土石發出劇震，轟隆竄出數條地龍，四處纏捲掃打。同時，蟻虎也像泉水般湧出，啃咬著士兵們的腳和腿，那些士兵自然不像阿修羅那樣強悍，雙腿被蟻虎那有如油壓剪般的口器鉗下了血肉，有的士兵立時倒地慘號，有的士兵將槍口往下，胡亂開槍，連自己的腳都一併射成了蜂巢。

神之音這方的夜叉與阿修羅雖然不致於被蟻虎和地龍困住，但他們身邊的教徒與研究員一一倒下，無法下達明確的命令，這些夜叉和阿修羅，也只能各自游擊、四處救援那些大喊救命的教徒。

咻──數發火箭彈自直升機上射下，在那幾輛停下的貨櫃車周邊炸出數團火焰。

「你們只打那些下令的。」狄念祖察覺到了這點，他見那些直升機上的砲火，並未針對強悍的阿修羅和敏捷的夜叉，而是專打教徒和研究員。

「這些生物兵器再強，沒有命令，便不再是威脅了。」溫妮點點頭，接著突然站起，急急地說：「少爺，再等等，那些阿修羅和夜叉仍有戰力，讓地龍和蟻虎消耗他們的體力。」

只見斐漢隆坐在機艙門邊，一副準備向下跳的樣子。

「哎呀、哎呀呀！」斐漢隆拍了拍戴在頭上的通訊裝置，嚷嚷起來：「奇怪？怎麼聽不清楚了？喂喂喂，沒辦法，收不到訊號啦？只好靠我自己啦——」

斐漢隆說到這裡，大笑幾聲，果然自直升機上一躍而下。

狄念祖知道斐漢隆定是不願按照溫妮指示作戰，故意佯裝收訊不佳，想要自己主導戰局，但斐漢隆終究是身處數層樓高的空中，卻想也不想地跳機，想必與斐姊一樣，也對身體進行了強化改造。

「奈落防軍聽好，計畫變更，全軍出動，救援少爺！」溫妮緊急下令。

「溫妮，發生了什麼事？」斐姊的質問自另一處擴音系統傳出。

「少爺抗命，自行出戰。」溫妮這麼說：「我要奈落守軍全體出動支援少爺。」

「……」斐姊安靜兩秒，說：「不，只派三成兵力，七成留下，我們以寡擊眾，靠的是準備與埋伏，敵人或許不只一隊。」

「斐姊，敵人有阿修羅級別兵器，且不只一隻，少爺他……」

「能救就救，不能救是他咎由自取。」斐姊冷冷地說：「要是他睡在家裡被人擄走，我傾家蕩產也要救他回來，但如果他抗命自尋死路，那叫活該。」

「是。」溫妮點點頭，改變命令：「奈落守軍一、二、四、六隊返回原處待命，按照防守計畫行動；三、五兩隊加快速度，前往大門救援少爺。」

「……」狄念祖見斐姊態度如此冷酷果決，不禁肅然。

然而他見斐漢隆一落下地，身旁也跟著落下兩名身穿迷彩軍裝、全副武裝的巨大傢伙，狄念祖冷笑兩聲說：「溫妮妳緊張過頭了，人家帶著阿修羅打阿修羅，處境沒有妳想像中危險。」

「我得確保少爺百分之百安全。」溫妮哼哼地答。

「那個說話的，我聽見你的聲音了。」斐漢隆垮下臉，拉起衣領，湊近嘴巴應答。

「原來聽得見啊。」狄念祖訕笑兩聲。

「溫妮——」斐姊提高了分貝。「把漢隆的畫面傳給我，讓我看看他究竟在搞什麼鬼！」

「是。」溫妮點點頭，轉身對著身旁組員下達指示。

同時，螢幕牆上工廠園區的數個分割畫面紛紛閃動起來，出現了各種不同角度的斐姊身影。只見她一身漆黑軍裝，長髮結成髮髻，身旁站著一隊獵鷹隊，和兩隻全副武裝的阿修羅。

斐姊身處之地，似乎是這廠區的地下倉儲空間。這地下空間十分寬闊，當中擺設著十數個大型螢幕和電腦設備，靠牆處有一櫃又一櫃的文件資料，此時四周倒著一些傷亡人員，也有幾名研究員遭到生擒，五花大綁地坐在地上，一旁還有斐家一方的武裝士兵看守。

這地下空間，儼然是這廠區的最高指揮中心。

在斐姊的指示下，隨行人員將那兒的監視設備與溫妮那兒的作戰室連線，將整個地下空間的畫面，都傳至溫妮那兒的螢幕牆上。

「大姊，妳不是一直想測試『鳳凰基因』的力量嗎？現在可是大好機會呀，對手可是阿修羅級別，這跟在實驗室裡打那些被拔了牙、折斷手的怪物，完全不一樣啊。」斐漢隆轉轉頸子、甩甩手臂，目不轉睛地盯著前方三隻敵方阿修羅。

三隻阿修羅自然也注意到了自空而降的斐漢隆，與他身後同是阿修羅級別的高大護衛。

「少爺，測試必須在安全無虞的環境之下進行。」溫妮說：「無論如何，我希望你毫髮無傷，作戰是我們的任務，交給我們去做就行了。」

「溫妮，妳很忠心，不錯。」斐漢隆原地跳了兩下，做著些長跑前的熱身動作，一面說：「這出自於妳的本能、是妳的天職，我完全明白，但是我想大姊更明白，我們斐家人的強悍，並不是從無菌室裡培養出來的。」

「是用血跟眼淚，換來的。」斐漢隆這麼說：「老爸以前不就是這樣訓練我們嗎？」

「是啊，以前我們是這樣沒錯，爸爸有段時間老要我和哥哥打架，打贏的才有零用錢，我一次也沒贏過。」一旁的斐少強突然插嘴，他披著一件黑色軍用外套，搭著T恤和牛仔褲，他的腰間也有佩槍，肩上還掛著一支衝鋒槍。

「當然，那時你才幾歲。」斐漢隆大笑：「就像以前我和大姊打架，也從沒贏過。」

「別說了，那是很久以前的事了……」斐姊揮了揮手，阻止兩兄弟透過通訊設備閒聊往事，沉聲道：「漢隆，現在是實戰。」

「我知道。」斐漢隆收斂起笑容，目不轉睛地望著朝自己走來的三隻敵方阿修羅，他的瞳孔緩緩放大，呼吸粗重而急促，全身的骨骼喀啦喀啦地顫動起來，脊椎一節節地變形增長，體型更突兀地暴長巨大起來。

「這就是……鳳凰基因？」狄念祖呆愣愣地望著外形持續產生變化的斐漢隆。

只見本來身高一米八的斐漢隆，在十數秒內暴長超過了一層樓高，一身衣褲都被撐得碎裂爆開，他的雙腿變成猶如暴龍般的粗壯雙足，上半身則維持著人身型態，體膚長出五彩鱗甲，那些鱗甲的花紋，就像是鳳凰的羽；他的後背揚起數條披著赤紅鱗甲的長尾，張揚開來，好似孔雀、更像鳳凰。

斐漢隆體態上的醒目變化和那一身暴散殺氣，不但沒有嚇退三隻敵對阿修羅，反而激起了他們的凶性。

「吼——」三隻阿修羅張開十八臂，持著各式兵器，窮凶惡極地奔向斐漢隆。

斐漢隆身後兩名阿修羅侍衛一見敵人來襲，不等斐漢隆下令，立刻上前迎戰。

沒有任何喊話與戰術調度，激戰瞬間爆發。

藍波刀架上彎刀、伸縮鋼棍對上長劍；一邊猶如現代特種部隊、一邊如同古羅馬戰士。

每一次兵器碰撞格擋，都像是重型器械互擊，阿修羅的臂力超出了他們手中兵器所能負擔的程度，在數次交砸重撞後，紛紛斷裂碎散。

「讓開——」斐漢隆沉聲一喝，同時向前勾出一拳，勾在居中那隻敵對阿修羅下頷上，將他一擊勾得飛上了三、四層樓那麼高。

阿修羅體型壯碩，個個超過兩公尺，但此時的斐漢隆，身高接近三米五，大腿比象腿還粗，與身邊敵我五隻阿修羅相比，猶如成人對比小孩。

「哥好強！」斐少強擠在斐姊身旁，目不轉睛地盯著螢幕，歡呼著：「姊！我們的『鳳凰基因』絕不比袁唯那什麼梵天、濕婆差！」

「……」斐姊沒有應答，但神情顯然放鬆許多。

「這還用說！」斐漢隆又一拳撂倒一隻阿修羅，輕鬆接話：「之後會更強呢。」

「少爺，別忘記鳳凰基因現階段尚有缺陷，你得克制自己的力量……」溫妮嚴肅提醒。

「這……」狄念祖瞪大眼睛，忍不住插嘴：「這就是破壞神嗎？」

「可以說是，也可以說不是。」溫妮能夠一心多用，並不介意在調度間抽空回答狄念祖的問題。「我們的鳳凰基因，確實是以打造破壞神級別兵器爲目標所設計的基因。然而眞正的破壞神，需要長生基因才能正常運作；本來聖泉各研究室裡的長生基因研發進度，幾乎已經完成，但被你爸爸這麼一搞，進度落後不少。」溫妮這麼說時，轉過頭，似笑非笑地望著狄念祖，一面補充：「你現在看到的狀態，是我們修改了基因組成、刻意壓抑力量後的暫時結果。」

「唔……」狄念祖見溫妮提起長生基因，不免有些膽顫心驚。

「你倒別擔心我們覬覦你身體裡的長生基因。」溫妮嘿嘿笑著說：「聖泉許多實驗室裡都保存著長生基因的各階段樣本，你爸爸那次破壞，確實拖延了進度，但研究從未中斷，這些天下來不管是袁唯那邊，還是我們，肯定都已經接近完成狀態，現在要切開你的身體來分析、研究，只是繞遠路而已。」

「再過兩個月，我們第五研究部的長生基因，應該就能順利產出完成品，再配合阿耆尼基因——」溫妮這麼說時，眼中掩飾不住興奮之情。「那時，就是紫鳳降臨之日了。」

「紫鳳降臨？」狄念祖乾笑兩聲，攤了攤手。「難道你們也有奇怪的信仰不成？」

「……」溫妮聽狄念祖的隨口調侃，陡然變臉，她站起身，冷冷望著狄念祖，眼神中流露出先前未曾有過的怒意和殺氣。「我相當開明，允許你對我個人表示任何意見——除了貶低斐家的言論。類似的話，別再讓我聽到第二次。」

「啊？我……」狄念祖一瞬間還不知道自己說錯了什麼，正想替自己辯解幾句，便聽到斐姊的說話聲。

「『紫鳳』是我母親的名字。」斐姊神情倒顯得自在沉穩，像是並未將狄念祖的調侃放在心上。「鳳凰基因，是爲了紀念她而做。」

「我……我不知道這個由來……」狄念祖趕緊陪笑，向溫妮連連拱手致歉：「我絕無惡意，我保證不會再犯同樣的錯誤。」

溫妮也未深究，她的情緒轉換十分快，聽狄念祖那麼說，便又坐回位置上，拿起蛋糕大口吃了起來，偶爾向狄念祖解釋幾句戰情和鳳凰基因的細節巧思。

「……」狄念祖表面上不動聲色，但心裡不禁對溫妮起了戒心，他知道斐姊再如何冷酷無情，終究是人，有著身爲人的世故辨別和生活經驗，分辨得出無心之舉和有意冒犯之間的差別，但溫妮只是個人工祕書，嚴格執行所有被灌輸的觀念，若是無心觸犯了她的禁忌，或許會惹出大麻煩。

就在狄念祖暗自嘀咕之時，突然聽見幾聲尖叫，他將目光自斐漢隆那兒的戰情，轉移到廠區那幾處分割畫面，原來尖叫聲是來自廠區中受擒的俘虜。

斐姊一方士兵，正對那些俘虜用刑。

他們在拷問康諾的下落。

狄念祖或許是在黑雨機構待過，親身體驗過趙水的手段，也見過吉米的暴虐性情，此時見到那些士兵僅用隨身刺刀逼供，竟不覺得殘忍，只是默默看著。

「我說！我說！」一名俘虜尖叫。「密碼……密碼是……」

「不能說、不能說！」另一名同樣哀號著，但仍出聲阻止。「被上頭知道我們洩密，我們會死的——」

「傻了嗎？」狄念祖忍不住呵呵笑了起來。「那傢伙以為現在不說，就能活下去嗎？」

多數俘虜顯然也有著狄念祖同樣的想法，他們求饒著，供出一些數字和英文字母的組合。

狄念祖這才注意到，那些俘虜身處之處的地板，有著一塊色澤與周邊地板不同的板塊，靠牆處一只方形箱櫃上有著操作面板，斐家士兵們逼問出了一些字母符號，便立即上前操作那面板。

「我們……沒有得到授權……隨便開門……會觸動防禦機制的……」一名俘虜痛哭慘號：「我們都會死在這裡！」

「什麼？」斐姊呆了呆，像是留意到那俘虜的話，她轉過頭，望著那人半晌，跟著微微一笑。「所謂的防禦機制，應該不會是爆破裝置。」

「沒錯，如果為了保護重要資產，應該不致於用玉石俱焚這種防禦機制。況且，鳳凰基因能夠抵禦高熱，也能夠抗毒……」溫妮專注凝神，在心裡快速衡量著那俘虜口中「防禦機制」的各種可能性。

「或許是黑雨機構的攔阻門啊……」狄念祖隨口搭腔，又搖搖頭：「如果只是攔阻門，那些傢伙不會怕成這樣……除非……」

溫妮話還未完，那些士兵便已將逼出的密碼輸入完成，地上那特殊板塊喀啦一聲，向下沉去。

同一時間，這地下空間的唯一出入口，降下一道厚重閘門。

「……」斐姊回頭，望著那封死出口的厚實閘門，一點也未將那閘門放在眼裡，她冷笑幾聲說：「這就是大宗教家的巧思？我下來之前，土木隊就已經發現入口有疑似攔阻門的設施，那攔阻門是特殊合金，難以破壞，一樓地板結構也有類似合金地板，但建築物四周結構只是一般的鋼筋混凝土，這裡離地面只有幾公尺，開條地道，太容易了。」她邊說，就往幾個俘虜身旁的地下開口走去。

「斐姊，小心！裡頭有問題！」溫妮突然出聲提醒。

然而即使溫妮沒開口，眾人也早已發現異狀。

吼——

吼——

CH03 地下惡戰

一陣響亮的腳步聲、粗重的喘息和低吼自那地下開口傳出。

「伏兵——」溫妮站了起來。「斐姊，請遠離入口！獵鷹四隊，立即擺出狩獵阿修羅隊形；獵鷹二隊、三隊停止巡邏，支援斐姊所在的地下指揮室；土木隊，從室外開挖斜角地道……」

溫妮尚未說完，只聽見幾聲巨響混雜喘息之後，一個大影自那入口走出，左右張望幾眼，將視線停留在那幾名研究員身上。

那大影果然是阿修羅，且是失敗品，他的頭上鑲著控制器，手足有些畸形。

「獵鷹四隊準備。」溫妮正要下令開槍，但見那阿修羅失敗品竟朝幾名俘虜走去。

「我投降！我投降！」一名俘虜尖叫起來，先是重重朝地磕了幾個頭，接著往斐姊爬去。「斐姊，我向您投誠，我向第五研究部投誠……」

「我也是、我也是！」幾名俘虜有樣學樣，也跟著拚命挪動著五花大綁的身軀，讓自己遠離那阿修羅失敗品，朝著剛才對他們用刑的士兵們爬去。

「哼哼——」斐姊冷笑兩聲，揚起手比了個手勢，獵鷹隊夜叉和武裝士兵們立時向後退開，遠離那批俘虜。「我拒絕你們的投降。」

「哇！」那第一個投降的研究員呆愣一陣之後，被那逐步跟來的阿修羅失敗品握著腳踝提了起來，嚇得哇哇大叫。

然後是慘叫。

阿修羅失敗品自他小腿上捏下一塊肉。

「斐姊，敵人不只一隻。」溫妮站了起來，她雖猜到伏兵是阿修羅級別，但自那入口走出的阿修羅數量，超出了她的預期。

一個又一個龐大凶影自那一公尺見方的入口走出，全是失敗品，他們頭上的控制器閃爍著駭人紅光，腳踝和頸部都有明顯的鐐銬鎖痕，身上盡是鞭痕和燙疤，像是長期遭受囚禁和虐待。

這批阿修羅失敗品紛紛擠向那些屁滾尿流的研究員，像是拆解玩具般拆下他們的手和腳，一口口將他們的軀體咬成碎塊。

「咦？那不是攻擊……」狄念祖咦了一聲，留意這批阿修羅失敗品眼神中壓抑著熊熊怒火，卻刻意避開研究員俘虜的要害，花更多時間凌遲他們。「那是在復仇！」

「我想這些人平常應該輪流負責『維護』這道『防禦機制』吧。」狄念祖低聲自語，他聽說過聖泉研究人員會刻意對阿修羅失敗品的肉體加諸酷刑，維持他們的凶性，阿嘉便曾受過類似的訓練。

而此時從這批阿修羅失敗品身上的新舊虐痕看得出來，這些研究員顯然相當盡責。

狄念祖本想說些風涼話譏諷那些研究員，但心想斐姊一方應該也相當擅長這類殘酷手段，便未多言。

斐姊或是溫妮未下令開槍攔阻，一來也在於這批阿修羅失敗品數量超出了她們的預期，共有八隻。

「斐姊，別激怒他們，請退到斜後方大資料櫃附近，那邊是土木隊的破土位置，我要他們在二十分鐘之內挖進來。」溫妮低聲叮囑。

「我看很難。」斐姊搖搖頭。「這些傢伙用違逆他們狂暴本性的方式在宣洩怒氣，當他們發現手上的研究員死去後，才會真正爆發。」

那些阿修羅失敗品果如斐姊預料那般，發覺手上的傢伙已經不再哀號、不再掙動時，紛紛發出低吼，他們似乎僅僅發洩了十分之一的怒氣，有些將手中不成形的人身拋下，踏成肉泥，有些將研究員屍身咬入口中，憤怒大嚼。

儘管如此，他們更加惱怒了，然後，他們將注意力轉移至退到遠處集結成隊的斐姊一方。

「敵方八隻阿修羅失敗品。」溫妮握緊拳頭，額上微微發汗。「我方，一隊獵鷹四隊、一隊人類士兵，白頭和綠繡眼……」

「還有斐家姊弟。」狄念祖插嘴。「他們身上應該也有鳳凰基因吧。」

「斐姊和少強少爺沒有實戰經驗……」溫妮將狄念祖的插嘴也當成了戰情分析流程的一部分。

「吼……吼吼……」那些阿修羅失敗品開始向斐姊一方逼近，他們沒有戰術、沒有隊形，只是純粹執行著頭上控制器所設定的粗糙命令。

「開槍——」溫妮陡然下令。

獵鷹隊夜叉比人類士兵反應更快，在溫妮命令下達的第一時間便舉槍擊發，一陣如同炮擊的左輪特製彈藥，在對面八隻阿修羅失敗品身上濺出血花。

這陣巨大槍響甚至嚇著了一些人類士兵，他們的耳朵嗡嗡作響，趕緊扣下衝鋒槍扳機，掃射出第二波彈雨。

搶在最前頭的兩隻阿修羅，在連續兩波彈雨下被射倒在地，後頭六隻阿修羅躍過倒下的傢伙，左右撲衝上來。

倒下的兩隻也立即爬起，緊跟著衝上。

「不行，數量太多了，裡頭是封閉地形──」溫妮激動大喊：「土木隊，加快速度！獵鷹一、二、三隊，全力支援土木隊，五分鐘內挖出通道──」

「怎麼了？姊那邊發生什麼事了？」斐漢隆單手揪著一隻敵方阿修羅，朝他肚子攢了幾拳，聽見溫妮語氣有異，便那麼問。

另兩隻敵對阿修羅，也被同是阿修羅級別的護衛制伏。相同級別的生物兵器肉體力量雖然接近，但斐家的夜叉和阿修羅都受過正規軍事訓練，在武器使用、格鬥戰技上占盡優勢，加上量身打造的專屬武器，使得斐家的夜叉與阿修羅，要比袁唯一方的同級別兵器強上一截。

此時，奈落戰場在支援斐漢隆的援軍抵達後，勝負幾乎底定；而在空中包圍果果座機的那些鳥人也幾近全滅；黑雨機構的運輸車隊，接連與神之音的追兵打了幾場爛仗之後，雖然有所傷亡，但也順利往奈落推進。

溫妮因此將全副心神都放在斐姊那處地下指揮中心上，螢幕牆上一些無關緊要的畫面逐步關閉，與指揮中心監視器連線的幾個畫面則放大了數倍。

這地下空間雖然寬敞，但終究比不上室外，且裡頭擺著許多桌椅和設備，獵鷹夜叉們無法施展在地上圍捕阿修羅的游擊戰術，幾波左輪轟擊，雖然在那些阿修羅身上開出誇張的血洞，但下一瞬間，便被欺近身前的阿修羅失敗品們衝得四散。

獵鷹隊夜叉們由於要守護斐姊，即使阿修羅衝到了面前也不後退，僅能拔刀硬戰，因此一下子便被掃倒一半以上。

斐姊身旁的白頭與綠繡眼，則在獵鷹隊被衝散那瞬間快速向前，張出六臂，將全身精良武器盡數取出，一口氣攔下所有的阿修羅失敗品。

白頭舉起與獵鷹隊相同型號的巨型左輪，一槍轟斷一隻失敗品的一條畸形短臂，再將一柄藍波刀攢入另一隻失敗品腹部，接著白頭的胸口和臉面接連中拳。

綠繡眼在摺倒兩隻失敗品後，被第三隻失敗品搶過一柄刀，反插進胸口。

在接下來的三十秒內，兩方共十隻阿修羅、六十隻手臂暴烈互擊著，在數量劣勢之下，白頭與綠繡眼不住地後退。

那些阿修羅失敗品雖然赤手空拳，面貌也大都眼歪嘴斜，六隻手臂有長有短，也有些畸形殘缺，但他們的狂暴殺氣一點也不輸給完成品。

他們雖然不懂戰術，但前仆後繼地進攻，巨型左輪的子彈穿過了他們的肉體，擊碎了他們的肋骨，卻無法阻攔他們越燒越旺的怒火和殺意。

白頭吼叫一聲，扯碎了那咬著他頸子不放的失敗品下顎，再以六臂中未斷的三隻胳臂，兩刀一拳齊發，將對方腦袋擊碎，下一刻，白頭的腹部被另一隻失敗品以搶得的刀械捅入。

另一邊，綠繡眼則是六臂被毀去五臂，換得兩隻失敗品的屍身，他最後一臂，被一隻失敗品以四隻手緊架著，然後被對方以騰出的兩隻手狂毆臉部。

三隻失敗品躍過白頭與綠繡眼，像是暴怒的猛虎發現了新獵物般，朝著斐姊和斐少強凶猛殺去。

「呼——」斐姊和斐少強同時舉槍射擊，他們的佩槍威力遠遜於巨型左輪，甚至連阿修羅的皮膚和肌肉都無法完全射透。

一隻失敗品一把握住了斐少強舉槍的右手，將他往自己一拉，同時張開歪斜大嘴，像是想在第一時間裡就咬斷他的咽喉。

「哇！」斐少強怪叫一聲，那失敗品並未咬著他，而是被斐少強繞到背後，以手槍抵著他後背連開數槍，卻沒能將之擊倒。

這失敗品大吼一聲，猛地轉身反手一掃，只揮了個空。

斐少強仍在他背後。

斐少強的速度快得出奇。

「咦？」狄念祖瞪大眼睛，發現斐少強此時的模樣似乎有些變化，顯然也是鳳凰基因的效力，但他的體型並未像哥哥斐漢隆那樣龐大，甚至因彎腰駝背的關係，看來比剛才更矮上了幾吋。他的雙腿變化最大，大、小腿壯實了數倍，撐裂了牛仔褲；他的雙腿變得和哥哥斐漢隆一樣，腳底板巨大，腳跟抬起、以前腳掌和巨大化的腳爪踩地，比起靈長類的腳，斐少強的雙足更接近獸足，這雙怪腿，想必便是他那異常移動速度的動能來源。

同時，他的雙頰、雙手和雙腿，都覆蓋著一層狀似翅翼的青藍色鱗甲。

倘若斐漢隆那巨大模樣像一頭暴龍，那麼此時的斐少強，則像隻精力充沛的鬥雞。

斐少強在幾次奔繞後，臀後也揚起了數條鳳凰尾巴，尾巴上披掛著狀似羽毛，實則銳利如同刀刃的五彩甲片。

「他們怎麼打不死啊！」只見斐少強速度奇快無比，甚至比月光、聖美快得多，他獨力攔下了三隻逼近自己與斐姊的阿修羅失敗品，在他們身間穿梭奔繞，時而對著他們腦門上的控制器開槍、時而對著他們的身軀出拳，但他速度雖快，力量卻有些不足，無法對那些阿修羅級別的傢伙造成致命傷害。

「少強少爺，攻擊他們的眼睛、咽喉、肋骨下方、後頸椎和太陽穴。」溫妮這麼提醒。

「對喔！」斐少強身形一閃，晃到一隻阿修羅失敗品正後方，一把揪住了對方一頭紅髮，將他的腦袋向後拉扯，右手猛地朝那失敗品的太陽穴砸去。

「吼——」那失敗品瞪大眼睛，狂嚎起來。

斐少強將手槍槍管硬生生扎進那失敗品的太陽穴中。然後扣下扳機。

砰！

那阿修羅失敗品身子一軟，癱倒在地上，再也不動了。

「哈，眞的有用！」斐少強歡呼一聲，只感到背後烈風逼來，知道是敵方阿修羅的攻擊，他終究年少，一擊得逞後的雀躍讓他分了心，閃避不及，後背重重捱了一腳，身子像是砲彈一樣飛出，轟隆砸進一只鐵櫃裡。

儘管這些失敗品在速度上不及斐少強，但力氣可是極大，斐少強後背捱了這記暴踢，一時間竟嚇呆了，儘管他們的父親以前多麼嚴厲，也無法對他們使出阿修羅級別的攻擊，這是斐少強出生至今，所遭受到最凶悍的一記攻擊。

鳳凰基因的潛力無窮，但斐少強還無法善用。

「少強！」斐姊見弟弟受此重擊，大驚失色，想也不想地向那鐵櫃奔去。

「斐姊，穩住，那一記攻擊不會對少強少爺造成致命傷害，妳保護好自己——」溫妮急急叮嚀，但斐姊顯然聽不進溫妮的叮囑，她全力奔往那只鐵櫃，卻中途被一隻失敗品自背後攔腰抱住，撲倒在地。

那阿修羅失敗品眼歪嘴斜，左眼僅有瓜子大小，嘴巴卻咧得極大，按著斐姊雙肩，張口就朝她後頸咬下。

只見那失敗品不知怎地，自斐姊背後彈起，一片巨大的紫色東西穿過他的胸口，自背後穿出。

自斐姊背後伸出的那片紫色東西越長越大，將那失敗品整個身子撐得好高，跟著向左右展開，扯裂了他的胸膛，那是一對巨大的紫色翅膀。

斐姊站了起來，雙眼微微閃動著紫光，只見她後背上那對紫色大翼張開時足足有三、四公尺寬，那些羽毛外表閃動著金屬光澤，顯然極其堅硬而沉重，像是無數柄尖刀拼湊而成。

斐姊的雙腿並未如兩個弟弟那般變成獸足，仍然維持著人腿型態，她此時雖然面無表情，但一雙眼睛卻流露著異樣的興奮光采，像是第一次明確感受到自己體內那股前所未見的強大力量。

她一巴掌搧倒了另一隻撲來的失敗品，那失敗品搖搖晃晃、憤怒狂吼地自地上彈起，六隻拳頭暴烈轟來，全轟在斐姊側身攔來的紫色鐵翼上，拳頭上打出一道道刀痕，手指不知斷了多少根。

斐姊又搧來一巴掌。

這巴掌比剛剛那巴掌的威力又強上了兩、三倍，那失敗品整個翻轉了一百八十度，腦袋重重砸在地上。

「唔！」狄念祖被斐姊這巴掌嚇傻了，心想若是昨日與斐姊衝突時，斐姊便使出這樣的力量，那可不得了。月光捱了這記巴掌，可能連頭骨都給打斷了。

斐姊一腳踏下，踩爆了那失敗品的腦袋。

接著她在原地呆了幾秒，聽見身後斐少強的呻吟，這才回神，背後大翅一下子縮了回去，她急急忙忙奔到鐵櫃前，一把拉出卡在裡頭的斐少強。

斐少強的神情怪異，雙眼也閃爍著藍光，他像是嗑了興奮劑般躁動著，嘻嘻哈哈地對斐姊講了不知什麼話，接著身子一晃，人已站在白頭和綠繡眼身旁，手上還多了兩把大槍，那是夜叉隊巨型左輪。本來斐少強的手掌大小僅能勉強握住槍柄，無法扣動扳機，但此時的他一雙手掌也變大不少，五指變得像鷹爪般銳長。他對著那與白頭、綠繡眼僵持纏鬥的失敗品太陽穴開槍。

那些失敗品雖然注意到逼近的斐少強，但一時閃避不及，全被他近距離抵著太陽穴開槍，紛紛倒下。

轉眼之間，八隻失敗品已盡數身亡。

斐少強轉過身，朝著斐姊嘿嘿笑了笑，身子一軟，昏了過去。

「不好……斐姊和少強少爺還無法掌控鳳凰基因，他們的體力會消耗過度。」溫妮連連搖頭，一面叮囑組員：「立刻啓動鳳凰基因實驗室，出動兩隊天空戰鬥團，用最快的速度接回斐姊和少強少爺。」

指揮中心裡，斐姊喘著氣，望著自己的雙手，她的手背長出一些紫色細羽，隨著轉動角度，微微閃爍著藍紫色磷光。

她抬起頭，環顧四周，八隻失敗品已經死去。她望著那通往地道入口，走了過去。

「斐姊，別去，說不定還有機關。」溫妮急急提醒：「土木隊的人就要挖進來了，讓外頭的獵鷹隊進去偵查。」

但斐姊似乎等不及土木隊的人員以器械挖掘地道，她指了指幾名還活著的武裝士兵，說：「你們下去，將康諾帶上來。」

「是……」那些士兵儘管有些疑懼，但仍然快速行動。他們持著衝鋒槍，進入那一公尺見方的入口，那入口處筆直向下，設有鐵梯。

由於士兵頭盔上裝設著微型攝影機，溫妮這兒的小組便將他們攝得的畫面傳至螢幕牆上。

只見那鐵梯不長，甚至連一層樓的高度都不到，便到達了地下二層。這地方像是臨時挖掘出來的空間，通道十分簡陋，牆上釘著臨時接起的線路，通道直直向前延伸十來公尺，兩側壁面上裝設著許多小門。

士兵們來到一扇小門前，將頭湊近小門上的監視鐵欄，向裡頭張望，回報：「裡頭有人。」

「是康諾嗎？」斐姊站在指揮中心的螢幕前問。

「是個穿著白袍的女人。」士兵回答。

「別理她。」斐姊答。「快把康諾找出來，別浪費時間在那些不重要的實驗品身上。」

「是。」士兵們兵分多路，一一檢視那些小門。

狄念祖等透過螢幕牆，也能夠看見小門裡的人，只見那房間極其窄小，僅比半坪大一點，裡頭擺著供人便溺用的砂盆和毯子，那些人大都僅披著簡便的白袍，狼狽地瑟縮在房中角落。

狄念祖留意到每隔幾扇小門，都有一個金屬箱子鑲在牆壁中，此時那些金屬箱子的箱門都散落在地，像是遭到破壞，箱子裡頭深度僅約五十公分，寬度不超過一公尺，但十分高，比小門還高。

恰好能放進一隻阿修羅。

箱中有著複雜的指示燈和各種管線，箱上還有一些開啓的鐐銬。狄念祖從那些鐐銬的位置猜測，那幾具鐐銬剛好鎖著失敗品的雙手、雙腳和頸子，地上散落的線路接頭還沾著血跡，這些線路想必本來是直接接在那些失敗品的身體之中，抑制他們的力量，當防禦機制啓動後，鐐銬開啓、線路失效，那些失敗品便破門而出，開始尋找平時認眞「維護」他們囚性的研究員復仇了。

一名士兵來到通道末端，那兒兩扇小門，裡頭的空間都比先前那些小門後的空間來得寬敞，一邊裡頭坐著一名白髮老者，那老者顯然受到禮遇，他所在的空間是其他人的數倍，約莫是兩坪大小，內有一張狹小的單人床，有小桌子和小椅子，小桌上還擺著幾本書。老者端坐在椅子上，靜靜翻著書。

「斐姊。」士兵回報：「找到康諾了。」

「帶他出來。」斐姊這麼說。

「斐……斐姊，這門……」那士兵在門前呆了呆，才想起自己並無鑰匙，立刻回頭吆喝眾人上去搜那些研究員的屍身。

士兵們開始忙碌地搜尋鑰匙，斐姊也不催促，拉開一張椅子，坐下休息，默默望著幾名士兵照料昏厥的斐少強。

此時土木隊終於鑿出了通道，溫妮立時指派他們進入地道入口，準備破門。

「斐姊——」

一個熟悉的聲音，自指揮中心的擴音設備中傳出。

是袁唯。

指揮中心的一面巨大螢幕突然出現袁唯的視訊影像。

袁唯臉色蒼白，赤裸著上身，身上還接著各式各樣的管路。他的腰間蓋著一塊膠布，滲著血跡。袁唯頭臉體膚上滿是黃豆大的汗珠，模樣有些狼狽。

斐姊並沒讓突然出現的袁唯畫面給嚇著，她冷冷笑了笑，說：「袁唯老闆，聽說你正進行一項重大手術，中途中斷，這樣好嗎？」

「哼哼……」袁唯喘著氣，笑容中夾雜著明顯的怒氣。「我早知道，我們袁家和你們斐家，總有攤牌的一天，只是想不到……」

「想不到我們斐家搶先一步全面開戰，對吧。」斐姊說：「我想你應該已經知道，你弟弟袁燁已經落在我們手上了吧。若不是袁燁受擄，你那些徒子徒孫，也不敢打擾你的手術吧。」

「哼哼……哼哼哼……」袁唯瞇了瞇眼睛，眼中閃爍幾陣銳光。「妳妹妹……」

「我只要你一句話。」斐姊單刀直入地說。「我妹妹是死是活？」

「她很好。」袁唯說：「她，斐霏，是正男的妻子，我怎麼會爲難她？妳……妳對阿燁做了什麼？」

「接下來要用什麼辦法對付你們阿燁，我還在慢慢想呢。我的手段，你應該聽說過，現在也不必特地向你解說。」斐姊說：「我的要求只有一個，交換人質。」

「好。」袁唯立時答應。「什麼時候？」

「都行。」斐姊說：「你可以慢慢休養、計畫，覺得是時候了再和我聯絡。重要的是，我勸你別想耍花招，斐霏流著我們斐家人的血，她對痛苦的忍受力，肯定是你們那白嫩少爺的百倍以上，你對我妹妹做什麼，我會乘以十倍回報給袁燁。」斐姊這麼說。

「……」袁唯臉色鐵青，一旁幾個護士不停替他拭去臉上的汗水、檢查儀器數值，袁唯像是惱怒至極，卻又不知如何發作，他已經很久沒有受人威脅、頂撞的經驗了。

「只要阿燁平安，一切好談。」袁唯揚了揚手，說：「我剛剛……才醒來，聽說我的部下，對妳發動了攻擊……這不是我的意思，我會立刻召回我的部隊，在交換人質之前，我不會對妳發動任何攻擊，妳可以安心。」

「我安心與否，決定於我的實力，而不是你的施捨，你沒什麼可以施捨給我的。順便告訴你，你可以省下力氣，不用召回什麼部隊，你的部隊已經被我殲滅了。」斐姊冷笑幾聲，繼續說：「還有，我提醒你一點，我們的協議只有交換人質，交換人質以外的一切行動，你我各憑本事，這個地方是哪裡，你應該很清楚。康諾博士現在是我的了。畢竟現在是戰爭，我不會等你。」

斐姊這麼說的同時，土木隊的士兵們，已經將那老者帶出地道。

「……」袁唯的臉額浮現出怪異的青筋，雙眼瞪得極大，像是怒氣瀕臨爆發，卻又用更大的力量壓抑著。

「袁唯老闆，我還有事要忙，你我的談話到此結束，你的臉色不太妙，我勸你還是好好休息吧。」斐姊站了起來，瞥了躺在地上的斐少強一眼，四處張望一番，看見幾個監視鏡頭，大聲下令。「溫妮，切斷和袁唯的連線，我暫時不想看見他。」

「是。」溫妮立時揚手，低聲向身後組員說：「通知那邊的人，干擾訊號、破壞監視鏡頭，斐姊不想讓袁唯看見少強少爺身上那鳳凰基因的成果。」

斐姊身邊的士兵們和工程人員立時動手，一面切斷了與袁唯的視訊連線，一面將指揮中心的監視鏡頭盡數破壞。

「斐姊，底下其他人……」一名士兵上前詢問。

「別理那些人，嗯……」斐姊這麼說，接著頓了頓，改變主意。「殺光好了，讓他們解脫也好。」

斐姊這麼說時，露出一副偶爾也會大發慈悲的神情。

「不……不能殺！」狄念祖突然大叫起來。

「你說什麼？」溫妮瞪大眼睛，望著狄念祖。「斐姊下令，你別搗亂！」

「別殺他們，他們是Key——」狄念祖陡然大喊，他透過那些忙進忙出的士兵頭盔上的鏡頭，認出了小房間內幾個人。

「什麼？」溫妮和斐姊同聲問，溫妮的反應快得多，立時追問：「你認識這些人？」

「他們可能是我爸爸的同事。」狄念祖急急向溫妮解釋。

「斐姊，狄念祖認出那些人。」溫妮也快速回報：「和解密檔案有關，那些人能夠幫助狄念祖找出破解加密程式的方法。」

「哦？」斐姊咦了一聲，向士兵們下達指示，不一會兒，士兵們便將小牢中囚禁著的人們帶了上來。

「林勝舟——」狄念祖大叫。

只見其中一名中年男人，頂著微胖的肚子，被帶上來時，還朝一名舉著手持攝影機的士兵露齒一笑。

那是狄念祖被水頭陀、傑克帶往寧靜基地時曾接待他的中年男人，和狄國平曾是同事。

「別傷害他，別傷害這些人！」狄念祖急急嚷著：「他們……他們都是我爸爸的老同事，我得和他們聊聊，或許能夠找到『Key』！」

「Key？」斐姊遲疑地問：「那是什麼？」

「那是解開火犬獵人的線索，斐姊。」溫妮解釋：「那個加密程式小遊戲裡的提示，狄念祖需要一些提示才能夠進一步完成遊戲，取得密碼。」

「好，照狄念祖的意思去做。」斐姊點頭。

「看看還有沒有我認識的人……」狄念祖慌亂地揮著手，大步走近螢幕，又被工作人員拉了回來。

「別擋著螢幕。」溫妮搖動滑鼠，將狄念祖關切的兩、三個畫面放大。

「高霑、莫莉……」狄念祖望著陸續被接出的人，高霑是他在寧靜基地中向他解說「火犬獵人」那名精通電腦程式的老頭；而莫莉則是當時替他進行身體檢查的年輕女孩。

接著，是一名跛腿女人，一拐一拐地被士兵攙扶著走出來，是寧靜基地的頭頭田綾香，只見田綾香神情憔悴，被帶到斐姊面前。

田綾香認得斐姊，她低著頭，露出欣慰的神情，輕聲低語。

「聖泉終於分裂了……」

CH04 三張照片

「原來如此……這段日子，你身上發生了這麼多事。」

田綾香端著一杯咖啡，輕輕啜了一口。

會客室的長桌上擺著簡便的餐食和飲料，長桌一側，是帶著筆電的狄念祖，另一端，坐著田綾香、林勝舟、莫莉和高霑。

狄念祖花了點時間，將袁唯一手策劃的陰謀、自己被改造成奈落王的經過，以及之後與第五研究部合作的緣由，一五一十地告訴了田綾香等人。

「也就是說，在你解開火犬獵人之前，我們都因你的緣故，成了第五研究部的貴賓？」高霑抓起一把餅乾往嘴裡塞，又一口喝下一杯熱巧克力，喀啦啦地用空杯敲起桌面，嚷嚷起來：「再來一杯、再來一杯！」

「……」狄念祖皺了皺眉頭，說：「那是客套話，我不覺得我們現在有任何拿喬的本錢，你也別以爲只要解不開密碼，人家會伺候我們一輩子，時間拖得久了，斐姊失去耐心，我們的下場不會比落在袁唯手上好，明白了嗎？老伯。」

「什麼老伯！」高霑氣呼呼地說：「我叫高霑，你忘了嗎？我告訴你，我根本沒打算活那麼久，士可殺不可辱，我隨時做好自盡的準備啦！」

高雳這麼說時，刻意將嘴巴一張一闔，秀了秀他那齊整的一口牙，又伸出舌頭作勢咬了咬。

「高雳，不論如何，是狄念祖救了我們。」田綾香說：「我們現在是客人，人家是主人，你安分點。」

「是啊，我倒覺得這提議不錯。」莫莉說：「我們的勢力幾乎瓦解了，康諾博士也成了階下囚，在這關頭，聖泉分裂對我們來說也算好消息。袁家大、斐家小，如果火犬獵人裡真有重要情報，能夠讓斐家勢力變得更強，可以牽制袁唯，其實還不賴。」

「不賴個屁！」高雳氣呼呼地怪叫起來。「斐姊何許人也，你們不是不知道，她這婆娘……」

「糟老頭子！」狄念祖突然重重拍桌，打斷了高雳的話。「如果你的腦袋已經老到痴呆，控制不了自己的胡言亂語，我會立刻把你扔出去。你在外頭不論是要咬舌還是上吊，還是衝去跟袁唯單挑，都與我無關！你想待在這裡吃好睡好，就聽我的。」

「什麼，小子！」高雳瞪大眼睛，露出一臉要跳起來跟狄念祖拚命的模樣。「就連你爸爸也不敢用這口氣對我說話——」

「我就是看在我爸爸面子上，才好心提醒你。」狄念祖冷笑兩聲，呶了呶嘴巴，指指一旁天花板上的監視器，說：「斐家人最討厭聽人說斐姊壞話，你再多說幾句，他們會拔下你的舌頭！」

「哼……」高霑仍然一臉憤恨，氣呼呼地說：「他們拔我舌頭之前，我會自己先咬斷！」

「霑爺，我們是個組織，有遠大的目標。」田綾香淡淡地說：「爲了完成目標，死都不怕，倒怕一個孩子說你幾句？他也不是故意污辱你，只是好意提醒你，現在寄人籬下，別讓你的脾氣誤了事。」

「好了、好了……」林勝舟趕緊打起圓場，將高霑拉遠些，安撫著他。「那小子的脾氣我們又不是不知道，他這些日子受苦受難，也是因爲我們的緣故，現在他反倒救了我們，再者事關重大，就讓他擺擺架子，又如何呢？」林勝舟邊說，還邊轉頭對狄念祖嬉皮笑臉，說：「念祖啊，霑叔總算是你的長輩，你對他說話還是得客氣點嘛。」

「廢話少說。」狄念祖一點也不想理睬高霑，他說：「我講得更直接點，我連自己一年後是不是還活著都不知道，沒有時間、也沒有心情跟你們玩敬老尊賢、人情世故這一套。總之我要報復袁唯，這一切全都因他而起，是他把我搞成這樣，且那傢伙的目的我已經告訴你們了，再過不久，他就會展開他的『殺戮日』行動，我要解開我爸爸設計的那個爛遊戲，讓第五研究部取得裡面的重要資料，他們的生物兵器會因此變得更強，我還要成爲第五研究部的突擊隊長，最好能讓我親自率領一支夜叉隊、阿修羅軍團什麼的，我要親手把袁唯那一雙大梵天手打斷成好幾截，哼哼！」

狄念祖說到這裡，握緊拳頭、咬牙切齒，一副想將袁唯生吞活剝的模樣。

「哦，看不出你這麼粗暴。」莫莉隨口說：「我以爲你是設計程式的，是個斯文人。」

「哼哼，你們派了一隻笨貓，把一個斯文人變成怪物，再來責備怪物不夠斯文。」狄念祖冷笑回嘴。

「我想，第五研究部的監視人員也不想聽大家繼續鬥嘴下去。」田綾香揚了揚手，望著狄念祖。「你要我們怎麼幫助你？」

「這……」狄念祖將筆電轉向對面，裡頭是「火犬獵人」的遊戲畫面，他說：「這東西你們比我更早接觸，就不必多說了，我研究了很久，我認爲少了個起頭的提示，我根本不知道要從哪裡開始。我要知道更多關於我爸爸的事，他的想法、他有沒有留下一些給我的訊息——如果他希望由我解開這個遊戲的話。」

「……」田綾香想了想，搖搖頭，說：「當時太倉促了，我們得知聖泉長生基因的研究進展得比想像中更快，攻擊計畫被迫提前，後來我們甚至認爲，這款遊戲或許根本未完成。」

「未完成？」狄念祖呆了呆。

「這是因爲這個遊戲，完全由你爸爸獨力設計，並不在我們的正式行動規畫裡。他只向我提過一次，他設計的這個加密程式，用意在於破壞聖泉伺服器之後，倘若逃脫行動失敗、我們的人員無法將備份檔案帶出實驗室時，利用這個程式，能將整個檔案鎖死，不讓聖泉取回。」田綾香繼續說：「但是當時時間緊迫，我們並沒有太多時間規劃失敗之後的備用方案，一直到行動開始，我們都不知道你爸爸的加密程式到底完成了沒，直到我們檢視檔案時，才知道你爸爸眞的利用了他設計的程式將備份檔案加密。」

「如果沒完成的話，他怎麼會使用呢？」狄念祖攤了攤手，不同意田綾香的想法。

「你小子懂個屁！」高霑突然插嘴：「檔案加密後，就算解不開，也不讓聖泉再拿回去用，雖然破壞硬體也是個辦法，但是當情況緊急的時候，除非使用炸藥，不然要在一瞬間將硬碟破壞到永遠無法回復的程度，也不是一件容易的事。最保險的辦法，就是在取得檔案時就加以加密！」

「哼哼……」狄念祖歪著頭，想了想說：「那你們當時還特地找我去幫忙解密，要人嗎！」

「『未完成』只是推測之一，檔案在手上，當然要試著解看看。」莫莉說。

「其實……」田綾香苦笑了笑，說：「讓你永遠也解不開，也是我們的猜測之一。」

「什麼？」狄念祖呆了呆，不解地搖搖頭。

「念祖，這或許是你爸爸留給你的一道免死金牌。」林勝舟嘆了口氣說。

「免死……」狄念祖先是一愣，接著陡然會意，他瞪大眼睛，連連搖頭：「不，我不同意。」

「你不同意也不行，事實上就是如此。」莫莉嘿嘿笑著說：「你現在可以耍老大，不就是拜你爸爸所賜？若不是你爸爸留了一款爛遊戲給你，我們根本不會照顧你，第五研究部也不會奉你爲貴賓。」

「放屁！」狄念祖大搖其頭。「如果你們不特別『照顧』我，我根本活得好好的，或許我之後會和大家一起死在袁唯的神經病計畫裡，但是至少可以享受得久一點，不必在黑雨機構裡被變態博士折磨得要死要活！」

「況且，我想你們根本不了解我爸爸。」狄念祖氣憤地說：「『把能力用在對的地方、把時間花在重要的事情上。』這是他常對我講的話，他不會故意設計一個解不開的程式，來浪費我的時間——」

「你別激動，就說只是猜測之一而已……」林勝舟見狄念祖發火，便安撫著說：「你爸爸確實有幾張照片想交給你，但那是很久之前的事，與火犬獵人無關，主要是……主要是和你媽媽有關……」

「什麼？」狄念祖咦了一聲，盯著林勝舟，等他繼續說，但見他支支吾吾半晌，有些不耐。

「讓我來說好了。」田綾香淡淡一笑，說：「念祖，我知道你對你爸爸一直有誤解，你以爲你爸爸冷落了你媽媽，但其實……你媽媽也是我們的一員，事實上香華比你爸爸更早加入我們，她是寧靜基地的創始人之一，寧靜基地這個名字，是她取的。」

「什麼……」狄念祖訝然無語，連連搖頭。「不可能，她從來沒和我說過這件事。」

「念祖。」林勝舟說：「你應該知道，你媽媽香華才是聖泉生物科技部門的研究員，國平一直是負責資訊安全的，如果不是你媽媽的緣故，國平又怎麼會和我們一起進行一些他根本不了解的事情呢？」

「那些照片，是你媽媽和我們的合照。」田綾香說：「當時我們一些人員，用自己的身體來進行特殊實驗，你媽媽是其中之一，她的病是因爲實驗失敗造成的，但是不敢聲張，這樣會讓我們的組織曝光。你爸爸刻意遠離家庭，是你媽媽的提議，目的是一旦她的病情曝光時，不致於拖累你爸爸。另一方面，當大家決定加入這個組織時，早已把自己的生死拋在腦後了，我們不願見到這個世界，變成野心份子的樂園、其他人的地獄，香華希望國平能夠接續她的意志，繼續對抗聖泉。」

「……」狄念祖默默聽完田綾香說的話，半晌才說：「照片呢？」

「當然沒帶在身上。」田綾香說：「本來擺在寧靜基地裡，但基地被聖泉毀了，現在變成了廢墟。不過，國平在網路上存有備份，他希望我和勝舟在某個適當的時機，讓你知道你的爸爸不是一個拋家棄子的人。」

「適當的時機……」狄念祖茫然地問：「現在算是嗎？」

「不知道。」田綾香搖搖頭。「不過現在不告訴你，或許以後就沒機會了。」

「……」狄念祖面無表情地以電腦記下那網路檔案空間的帳號和密碼，接著起身，說：「今天就這樣吧，各位可以好好休息了。睡飽一點，再好好想想，我爸爸在行動之前，有沒有留下一些可能和密碼有關的暗示，任何一點蛛絲馬跡都可以，或許會有幫助。」

□

「已經幫你下載好了，一共三張照片而已。」溫妮望著走回工作書房的狄念祖，將一只隨身碟交給他。

「效率真高。」狄念祖本想要求溫妮讓他上網，他雖然知道溫妮必然會同步監看他與田綾香等人的談話，但沒想到溫妮一得知那網路檔案空間的帳號密碼，便自作主張地將檔案下載給他了。

溫妮一派輕鬆地說：「我看得出來你盡力維護他們，你擔心一旦他們沒有利用價值，就會被殺掉嗎？其實你不用這麼擔心，我們這裡紀律嚴明，沒有虐殺取樂的習慣，我們和吉米不一樣。」

狄念祖點點頭，一面將隨身碟插入電腦，打開檔案，一面說：「說到吉米，如果我真的立了大功，妳可以宰了吉米，當作我的獎賞嗎？」

「怎麼，你的獎賞不是要我們幫你治療你的身體嗎？」溫妮呵呵笑著。

「對喔。」狄念祖隨口說：「那我得立下兩次大功才行。」

隨身碟資料夾中，一共有三張照片。

第一張是數人合照，田綾香、狄國平、林勝舟，以及狄念祖的媽媽香華，都在照片裡，另外還有兩個沒見過的人，想來也是寧靜基地的創始同伴，那六個人捧著一個蛋糕，對著鏡頭豎起大拇指。

第二張照片，是狄國平、香華和田綾香的三人合照，田綾香的懷裡，有一隻連眼睛都未睜開的小貓，是傑克。

第三張照片，是狄國平與香華的自拍合照。

「嗯，她說的是真的……」狄念祖望著第三張照片，照片中的媽媽雙頰凹陷、臉色青白，但仍露出欣慰的笑容。

那時的媽媽，已經病得很重了，爸爸則是離家多時，狄念祖從不知道當時爸爸曾返家探望過媽媽，按照相片一角的拍攝時間推算，這是媽媽死前數個月所拍的照片。

那一天，是媽媽的生日。

狄念祖來回切換著三張照片，忍不住背過身去，默默拭淚。

「如果你需要獨處，我可以下樓去。」溫妮這麼說。

「不用，想起死去的媽媽，哭一下，又不是見不得人的事。」狄念祖搖搖頭，說：

「妳能不能安排一下，讓我和果果見面？」

「果果又是誰？」溫妮問。

「是那個身體裡有阿耆尼基因的小女孩。」狄念祖說：「我想讓她和月光說說話，或許對月光恢復記憶有幫助。」

「你還眞照顧那女僕，這就是你們人類所說的愛情嗎？」溫妮呵呵笑著說。

「我也不知道。」狄念祖聳聳肩。「不過除了她以外，在這世上，我也沒有可以照顧的人了，我可不想照顧那臭貓跟臭糨糊。」

「我盡量替你安排，不過今天不可能，她得進行一連串全身檢查，最快也得等到明天。」

「謝啦。」

□

這樣好了，我幫妳取名字，妳以後就叫「月光」，妳是人不是畜牲，人都有名字。

「你不能替我取名字。」

總之我就是要叫妳月光，妳可以不承認這個名字，也可以不理我，反正我只是一鍋飯，人不會計較一鍋飯叫他們什麼，也不會計較一隻雞或是一頭牛喊他們什麼，對吧？月光。

「飯又不會說話，雞和牛說什麼，你也聽不懂。」

這就對啦！妳說我是飯，可是我會說話，這表示我不是飯，而是被妳硬當成了飯；雞跟牛說的話我聽不懂，但是我說的話妳卻聽得懂，這表示我也不是雞跟牛，我從沒吃過和自己說著相同語言的食物呢，那樣實在太殘忍了。

「……」

妳可以不承認，妳可以不理我，但總之我就是要叫妳月光、月光、月光！

「你這樣，我聽了會心煩……」

飯，你好大膽，你竟敢惹我們公主生氣？

別、別生氣！是我不對！

□

「王子殿下，我可以問你一個問題嗎？」

妳講。

「嗯……你有……你有……」

我有什麼？

「你有妻子嗎？」

……

「抱歉，我惹你生氣了嗎？」

沒有，但我希望，以後妳別問這樣的問題了。

「是……但是……」

總之妳只要記得，我是愛妳的，而妳只屬於我，這樣就夠了。

「是……」

□

妳要找王子，王子有老婆喔！王子會抱著老婆睡覺喔，妳要睡哪裡？睡他們床底下，聽他們恩恩愛愛嗎？

「……」

咦，妳怎麼哭成這樣？是因爲受傷腳還在痛？還是因爲聽到王子可能有老婆這件事？

「王子可能……有老婆……這件事。」

別哭了，以後我會教妳怎麼橫刀奪愛啦——

□

「姊姊不認得我了嗎？」果果望著月光。

「嗯……」月光見果果露出失望的神情，便又認真地想了想，然後搖了搖頭。「我眞的不知道妳是誰。」

「唉……」果果嘆了口氣，向月光提及了些過往的點點滴滴，但見月光像是對那些往事十分陌生，一時間也不知該說些什麼。

「想不起來就算了，也不是多長的時間。」狄念祖窩在一旁的沙發上敲著鍵盤，見月光臉色憔悴，便向門旁的溫妮使了個眼色。

溫妮彈了彈指，一名年輕女性走了進來，喊了果果幾聲，那是溫妮替果果安排的專屬保姆。

「姊姊，我先走了，他們要替我取樣基因。」果果這麼說，接著瞪了狄念祖一眼，說：「狄大哥，你沒有保護好姊姊，你太沒用了。」

「……」狄念祖也懶得理會果果的譏諷，他走到廚房，取了溫妮替他準備的針筒和杯子，回到沙發前，捲起袖子，抽出幾管血進杯子裡，遞給月光。「喝吧，沒力氣的話，救不了妳的王子。」

「之前……」月光接過杯子，若有所思。「之前，你說的那個把你當成飯的人，就是我嗎？」

「是啊。」狄念祖點點頭。

「爲什麼你不逃呢？」月光問。

「我逃不掉啊……」狄念祖哼哼地說：「妳那時的侍衛跟米米不一樣，那小渾蛋完全無法溝通啊。」

「那爲什麼……你現在要抽血給我喝呢？我不是說過，我們已經不是朋友了。」月光將杯子擺回桌上。

「因爲……」狄念祖抓了抓頭，隨口說：「我的血太多啊，不分給人家喝一點，我會全身不對勁啊。喂，妳一定要喝，妳不喝我會去打妳的王子出氣。」

「你……」月光見狄念祖動輒以她的王子作爲要脅，心中怨懟，盯著杯子半晌沒有動作。

「拖拖拉拉，氣死我了。」狄念祖站起來，東張西望。「什麼東西打人比較痛呢？哦，原來就在我身上啊！」狄念祖讓右手化出幾支尖銳蟹甲利角，在月光面前晃來晃去。

「我喝就是了。」月光莫可奈何，舉起杯子一口喝乾，雖覺得十分美味，但見到狄念祖得意的模樣，又感到有些委屈，默默生了半晌悶氣，突然開口問：「如果……以後我都喝你的血、聽你的話，你可以放了王子嗎？」

「這……」狄念祖想了想，說：「王子不是我抓的，我沒辦法替人家答應妳，但妳也見到了，我跟抓妳王子的人關係密切，如果妳乖乖聽我的話，我可以替妳的王子求情呀。」

「只有求情而已……」月光像是不滿足這樣的承諾，但她一點也不擅長討價還價。

「是啊。」狄念祖說：「就像那時，我跟傑克躲在妳的小木屋裡，妳見到王子，最多也只能向王子求情，求他饒了我，而不能代替他放了我吧。」

「也是……」月光點點頭。「好吧，我答應你，我盡量聽你的話，你也要答應我，你不可以傷害王子，也要盡量替王子說些好話。」

「沒問題。」狄念祖笑著應允，接著向月光招了招手，要她來沙發坐下，自個兒橫著躺下，將一雙小腿擱在月光大腿上。「先替我捏捏腳吧，公主殿下。」

「是……」月光嘆了口氣，輕輕替狄念祖捏起腳來。

「再來……」狄念祖望著月光側臉，只覺得這大爺當得舒服無比，不禁心猿意馬起來，但見溫妮坐在門邊小椅上，似笑非笑地望著自己，便也不好意思做些更過分的要求。再者他知道斐姊厭惡男人好色，心想倘若自己踰矩，溫妮必然要向斐姊打小報告，這可能會讓他喪失一些現有的禮遇。一想至此，便坐起身，將腳抽回，說：「嗯，我只是測試一下，很好，我很滿意。」

「嗯，第二個要求……」狄念祖想了想，說：「下次妳再見到糨糊，妳打他一巴掌。」

「為什麼呢？」月光像是十分為難。「他沒做什麼壞事。」

「有！」狄念祖瞪大眼睛。「他做的壞事可多了，他威脅我、恐嚇我、欺負我、虐待我，然後又背叛我……如果妳不忍心動手打他，也可以，妳在他面前抱米米和皮皮，最好也抱一下石頭，但是就是別抱他，知道嗎？我不准妳抱糨糊，千萬要記得！」

「如果……只是這樣的話。」月光點點頭。「我可以答應你。」

「很好。」狄念祖滿意地拍拍手。

CH05 康諾的計畫

「小狄——」傑克淚眼汪汪，緊緊抱著狄念祖的腦袋不放，不停地對著他的臉又親又舔。「我愛死你了。」

「幹嘛啦……」狄念祖一手拿著水杯、一手托著幾枚藥丸——這是趙水親自調配，用以抑制狄念祖體內急速獸化基因的藥物。

此時狄念祖被傑克親暱的態度搞得有些彆扭，不停搖頭晃腦，想要擺脫傑克的糾纏。「你搞什麼，我要吃藥！」

「你救主人一命、等於救我一命，我傑克絕對會爲小狄你兩肋插刀——」傑克喵喵嗚嗚地嚷個不停，昨日狄念祖與田綾香等人會面後，心想自己與傑克與月光同處一室，傑克或許還會多嘴，經過溫妮同意之後，將傑克帶給主人田綾香，那時傑克當場便大哭起來，狄念祖本以爲找著了主人的傑克，或許不會再黏著自己，誰知一早便聽見傑克在門外叫個不停，還以爪子扒門，原來是來向他道謝了。

「小狄，你一定不知道，在這之前，每天晚上我都偷偷地哭，我以爲主人已經殉難了！」傑克在狄念祖耳邊這麼說。

「誰說我不知道。」狄念祖不耐煩地說：「你在奈落地牢裡，哭完還會去角落撒泡尿，才繼續呼呼大睡。」

「小狄！你爲什麼在溫妮小姐和月光小姐面前揭露我的隱私，這樣讓我很難堪吶。」傑克大聲抗議，轉頭四顧，只見站在門前的溫妮和坐在沙發上的月光都望著自己，立即害羞地將腦袋埋進狄念祖的頭髮裡。「不管怎樣，我還是非常感謝小狄你。」

「……」狄念祖總算得以將藥呑下，望著溫妮。「妳剛剛說，妳負責交換人質，所以得換人監視我？」

「不是監視你，是照顧你。」溫妮淡淡笑著說。

「看我怎麼想囉。」狄念祖攤了攤手，捧著雙人份早餐來到沙發旁，與月光一同享用，桌上還有乾淨的針筒和杯子，準備抽血給月光。

「看不出來那神經病這麼愛護弟弟。」狄念祖咬著麵包，哼哼地說。

「坦白說，一早接到這個消息，我們也很驚訝。」溫妮點點頭。「我們以爲袁唯至少會等毗濕奴基因轉殖工程完成後才提出交換人質的要求，沒想到他這麼急著討回他弟弟。」

「也可能是知道你們握有康諾和阿耆尼基因，不想讓你們有準備和發展的時間吧。」狄念祖這麼說。

「這也有可能，但他們同樣也沒有時間準備。」溫妮說：「交換人質之後，就是全面開戰，這一點大家心照不宣。相較之下，第五研究部全世界的據點，都做好戰爭的準備。袁唯的神之音雖然有政治影響力，但我們也和某些國家的軍閥頭子有著默契，只要一開戰，他們會站在我們這邊。袁唯在軍事上沒有長才，全憑喜好和脾氣行事，這一仗，他輸定了。」

「哦。」狄念祖呆了呆，問：「所以，妳待會去交換人質，下午就要世界大戰了？」

「不……」溫妮搖搖頭。「最快也要一週。」

原來斐姊和袁唯經過簡單的談判，約定在一處雙方同意的地點交換人質，但為了避免兩方在人質身上動手腳，雙方得各派出一支醫療團隊前往約定地點，以自己攜帶的儀器，替人質進行精密的全身檢查。整個過程不論是影像、聲音，以及身體檢驗數據，都透過攝影機和網路連線，讓對方全程同步監看，以確保人質身體完好。

在七天的檢驗期中，兩邊迎接人質的護衛團，均不得踏入交換人質的地點五公里內的警戒線一步，等到七天檢查完成後，兩方醫療團隊才將人質交還對方，然後各自驅車趕往自己的護衛團駐紮處，由護衛團領回。

而溫妮便是斐姊這方派出的護衛團領隊，負責在警戒線外第一時間接應斐霏。

「你們怎麼預防對方在醫療團裡混入厲害的傢伙，一見面就動手搶人？」狄念祖問。

「雙方醫療團的名單都必須事先交由對方審核，挑選出彼此認識的醫療人員，以免混入軍事人員，且雙方醫療團會在另一處地點事先碰頭，替對方團員進行簡單的檢驗，全程同步監視，連運輸用的車輛和醫療儀器，也都在指定的範圍內，且也都會經過共同檢查。」溫妮解釋。

「還眞仔細。」狄念祖點點頭，突然想到什麼，說：「我發現一個大破綻。」

「斐霏身體裡應該也有鳳凰基因吧。」狄念祖說：「雙方醫療團會合後，警戒線方圓五公里內，便是斐霏跟一群普通人，她可以輕鬆把袁燁給拎回來。」

「不。」溫妮搖搖頭。「兩邊人質都會被固定在特製的金屬床上，必須以特殊工具才能開啓，最快也得在七天檢查期過後，抵達護衛團的駐紮地點，才能夠自由活動。這特製的金屬床，同樣也經由雙方共同指定、檢查，上鎖的過程同樣有著全程影音監視，以防對方在上面動手腳。」

「嗯。」狄念祖歪著頭，似乎在想還有沒有什麼辦法可以擺袁唯一道。他大口嚼著麵包，揚著手說：「對你們來說，我雖然是個外人，但我對袁唯的厭惡，絕不會比你們來得少，或許這種想法有點惡劣，但用惡劣的方式對付惡劣的人，非常恰當。」

「你們何不考慮一下，昨天在奈落出動的那些小東西。」狄念祖說：「我記得牠們叫地龍、蟻虎，對吧？交換人質的方圓五公里內，不可能全是水泥地吧。相反地，如果是在市區，那各式各樣的潛入和埋伏行動，都是你們擅長的把戲。」

「嗯。」溫妮只是微微一笑，沒說什麼。

「你們已經打算這麼做了嗎？」狄念祖問。

「真要動手腳，當然有各種方法。」溫妮說：「但無論如何，保全斐霏姊，才是我們這次行動的目的，袁燁是死是活，對後續的全面開戰沒有任何影響。」

「也對。」狄念祖點點頭，心想袁唯是個瘋子，就算交換人質時再次擄獲袁燁，未必能夠作爲要脅。相反地，袁燁只是個草包，讓他平安回家，繼續揮霍玩耍，消耗袁家的資產，對斐家反倒有利無害。他聳聳肩，說：「袁唯自我陶醉的樣子，我看過很多次了，我只是純粹想看看他氣到崩潰的樣子。」

「放心。」溫妮笑著說：「你絕對有機會見到的。」

溫妮以手機通話數次後，便與狄念祖道別，準備集結護衛團，前往人質交換地。

前來接替溫妮照料狄念祖的人員，早已在門外準備妥當。

狄念祖見那陣仗，瞪眼咋舌之餘，不禁暗暗叫苦，那是一整隊人，包括三個中年女性和兩名年輕男性，以及三名阿修羅級別的侍衛和四名夜叉。

「嚇到你了，是吧。」溫妮嘿嘿一笑，說：「你現在知道，我一個人負責多少事情了嗎？」

「她們是劉姊、王姊和李姊，她們無法像我一樣二十四小時醒著，所以分成三班，照料你的起居。」溫妮向狄念祖介紹完那三名中年女性後，又指向另兩名年輕男性，說：「這兩位老兄是資安部門的人，會全天駐守在樓上辦公室對面的房間，你有任何電腦相關需求和問題都可以向他們反映，或者透過門口的對講機直接和我聯絡。」

接著溫妮指了指那三名阿修羅和四名夜叉。「這支護衛小隊，會二十四小時在門外駐守，保護你的安全。」

「還有一件事。」溫妮微微笑著說：「本來這種事，我可以不提醒你的……」她這麼說時，瞥了靜靜坐在一旁的月光一眼。「起初我以爲這女奴會危害你的安全，不過現在看來，你倒是對她很有一套。我奉勸你，如果眞想討好斐姊，千萬別做出讓她厭惡的事，你在這房裡的一舉一動，我都看得見喔。」

「我不是那種人，妳大可放心。」狄念祖哼了兩聲，望著面前一整隊人，心想即使是下流到極點的吉米，在這重重監視之下，應該也提不起胡來非禮的興致了。

溫妮交代完畢之後，便匆匆離去，房裡只留下一名中年女性，狄念祖也毫無興趣搞清楚她們究竟誰是劉姊、誰是王姊和李姊，只見那中年女性和溫妮一樣，坐在門口的小椅子上看書，不時把玩一下手機。

狄念祖默默用完早餐，抽了血給月光喝，月光也不抗拒，遵照狄念祖的指示喝光杯中鮮血，便拉了張凳子來到窗邊，隔著欄杆，靜靜望向窗外。

狄念祖也不打擾她，而是自顧自地研究著「火犬獵人」。

□

「小狄。」

「小狄。」

「小狄……小狄、小狄、小狄、小狄、小狄，喵嗚——喵喵嗚——」

「幹嘛啦！」狄念祖不耐煩地撥開攀在他肩上，對著他耳朵細語的傑克。

「月光小姐走光了，喵嗚——」傑克這麼說，還硬將狄念祖的腦袋扳向床上的月光。

月光沉沉睡著，似乎作著惡夢，額頭臉上都是汗水，一身病人袍子，也因爲作了惡夢掙動身體的緣故，露出了一雙嫩白大腿。

「你別這樣。」狄念祖望了幾眼，瞥了瞥門旁，見那中年女性抬頭望向他，立時輕咳幾聲，將視線轉回電腦，低聲斥責傑克。「你沒聽見溫妮說的話嗎?你想害我啊。」

「不，我只是想測試劉姊有沒有盯著你。」傑克用極低的氣音，在狄念祖耳邊說：

「主人要我轉告你一些非常重要的情報。笨小狄，你搞砸了，你以爲你救了他們，但其實你破壞了康諾博士的重要計畫，你害死大家了。」

狄念祖呆了呆，正想開口詢問，但心想門口有人監視著，便伸了個懶腰，起身倒了杯水，回到沙發上，橫躺下來，面對著門口，操縱著遊戲中的主角，呼叫出訊息視窗，在訊息視窗中鍵入文字：「你說什麼？什麼意思？」接著抬起雙手食指，指向螢幕。

傑克瞄了螢幕一眼，同樣用極低的音量在狄念祖耳邊說：「康諾博士是故意被袁唯抓住的，他們是在執行一項重大計畫，目的是爲了一舉逮到杜恩。」

狄念祖假意說話和傑克討論「火犬獵人」的細節，實則透過遊戲中的訊息視窗，以文字和傑克溝通。「一舉逮到杜恩？那是什麼計畫？」

「南極的『聖殿神宮』，你還記得嗎？」傑克問。

「記得。」狄念祖想起在寧靜基地時，曾聽他們說明聖泉發跡的過程，杜恩發現了南極存在著藏有強大科技力量的聖殿神宮，說服了袁齊天出資進行南極計畫，才造就了現在的聖泉。

「聖殿神宮不只一座，小狄你應該也知道吧。」傑克這麼說。

「知道，你們說過。」

「當年，康諾博士逃離南極時，曾帶走一部分的機密資料，大約在一年前，博士憑著那些片段不全的資料，找到了第二座聖殿神宮。」傑克說。

「什麼？」狄念祖咦了一聲。「在哪裡？」

「海底。」

「海底？」

「是的。」傑克說：「在海底。」

「博士不僅找到聖殿神宮，而且在裡頭得到許多重大技術，那是一些能夠與南極基地互別苗頭的重要技術。」傑克說：「現在我們在深海之中，有一支厲害的海軍，待命已久，隨時都能夠出動。」

「那為何不出動？為何自投羅網？」

「笨小狄！」傑克喵嗚幾聲，變換了個姿勢，搖了搖尾巴，繼續說：「康諾博士想引杜恩下海。」

「引他下海？」

「關於聖殿神宮的事，杜恩對聖泉有所保留，袁家只知道那是個藏有重大技術的高科技宮殿，卻不知道杜恩一心想要找出全世界所有聖殿神宮，這是他畢生心願。假使康諾博士受擒，杜恩絕對想要見他一面，逼問出當年康諾博士帶走的那批機密資料，以求能夠找出世界上所有的聖殿神宮。」

傑克繼續說：「康諾博士知道，假使杜恩得知第二座聖殿神宮的下落，絕對會親自前往一探，而且不會動用聖泉兵力，因爲杜恩不想讓袁家取得聖殿神宮的主控權，他必定只會帶著自己在南極的親衛隊出海。」

「老瘋子杜恩那批南極部隊，在陸地上或許無人能及，但是到了深海，絕對比不上康諾博士以海底聖殿神宮中的技術，所打造而出的『海軍』。」

狄念祖想了想，打字：「你的意思是——康諾想要誘騙杜恩前往海底，然後在海底堵他？」

「對。」傑克答：「康諾博士隱匿多年，這次以自己作爲誘餌，就是要誘出杜恩……」

「嗯……那與我何干？爲何說我害死大家？」狄念祖不悅地打字：「斐姊早就掌握了康諾的下落，我只是要斐姊別殺他們而已。」

「我不管，小狄，你跟斐姊站在同一陣線，斐姊做的事就是你做的事，斐姊壞了康諾博士的好事，就是你壞了康諾博士的好事！總之你們搞砸了！世界會因你而滅亡——」傑克在狄念祖耳邊低聲說：「小狄，你會變成禍害全人類的殺人凶手。」

「……」狄念祖吸了口氣，打字：「你所謂的重要情報，就是這種沒有營養的廢話？」

「不，我是在教誨你。」傑克說：「你得補救自己的過錯，主人有任務要交代你。」

「我去你的——」狄念祖不悅地鍵出一串髒話。

傑克不理會狄念祖的抗議，繼續說：「斐姊劫走康諾博士，打亂了我們原先的計畫，主人相信近期之內，我們的人會展開應變行動，主人希望你能與我們合作，到時候來個裡應外合。」

「裡應外合？怎麼應？怎麼合？我連你們接下來到底想做什麼都不知道。」狄念祖這麼答。

「其實我也不知道，因爲主人也沒告訴我，但時候到了，我會通知小狄你的，你只要乖乖照我的指示行動，就對了！知道嗎，小狄，你千萬不能擅自再打什麼歪主意了，之前幾次失敗，都是你高估自己、看扁對手，小狄，或許你腦筋好，但是這種大規模的團體對抗，你得配合大家的步調，共同行動才行。」傑克正經地說。

「……」狄念祖雖不滿傑克用上司的口氣訓誡他，但他流落到這第五研究部被當成解密員，日夜受到監視，還得事事順著斐姊的喜好說話行事，本便不符合他的脾性，此時他得知原來能與袁唯抗衡的勢力除了斐姊之外，康諾博士在海底還有著強大戰力，這似乎是一股能與斐姊、袁唯鼎足而立的力量。無論如何，他得把握住這樣的機會，而非一意孤行。

「有新的消息，儘管告訴我。」狄念祖這麼回覆：「請你的主人別擔心，我會慎重考慮這件事，就算我有什麼私人計畫，也會透過你和她商量，聽取她的意見。」

「哦——小狄，你的回答嚇了我一大跳。」

「爲什麼？」

「我以爲你會用一些沒水準的字眼罵我，然後自以爲是地說：『我做什麼事，不必先問別人意見！』本來我已經準備好對付你的方法了。」

「……什麼方法？」

「我從主人那裡拿到一些麻醉藥物，必要時會使用在你身上。」傑克這麼說。

「什麼？麻醉藥？這麼做有什麼意義？」狄念祖問。

「這是主人的意思。當我們的人潛進這裡救人時，不擇手段都要帶你一塊兒走。不論如何，你是狄國平先生的兒子，大家都把你當自己人，我們不能讓你一人留在這裡跟斐姊作伴。但小狄你脾氣倔強，總喜歡故意跟別人唱反調，我知道你不喜歡我的主人，到時候你要是搗起亂來就糟了。」傑克這麼說。「這是個沒有辦法中的辦法，本來我不應該事先說出來，但我更擔心那些麻醉藥的效力無法對付現在的你，如果小狄你深明大義，那是最好不過了。小狄，我沒看錯你，你果然是狄國平先生的兒子，我愛死你了，喵——」

傑克邊說，還邊用腦袋蹭著狄念祖的臉，喵嗚叫個不停。

「吵死了！」狄念祖皺著眉頭，盯著螢幕中的訊息視窗，想替自己辯駁，他的手懸在空中好半晌，長長吁了口氣，才落指打起字來。「我考慮清楚了，答應我一件事，我乖乖和你們合作。」

「什麼事？」傑克問。

「將月光也納入你們的營救計畫裡。」狄念祖敲著鍵盤答。「或許我能夠哄她幫忙，多了一個幫手，大家都不吃虧。」

「好的，小狄，我會把你的要求轉告主人。」傑克說：「我想主人不會拒絕你的。」

狄念祖變換了個姿勢，將心思轉移到遊戲上，偶爾才以訊息視窗與傑克對話，問了些細節，這才知道右腳經過截肢的田綾香，現在穿戴著的是特製義肢，傑克的那些麻醉藥便藏在義肢之中，義肢中還藏有其他小型工具，或許是杜恩想要親自審問這批人的緣故，因此海岸園區那些研究員只是囚禁著他們，並未仔細檢查所有人的身體。除了田綾香之外，林勝舟、莫莉、高霑等人的身體也經過了某種程度上的改造，使他們擁有一些基本自保的力量。

狄念祖不免擔心溫妮會識破田綾香等人的身體異狀，但轉念一想，康諾這批人本便被聖泉視爲恐怖份子，他們長期從事類似諜報、特務之類的工作，在身體中動些手腳方便進行任務，似乎也不是什麼令人訝異的事。當他們在海岸園區被斐姊手下發現時，本要被處決，斐姊、溫妮或許對田綾香等人的身體並沒有太大的興趣，此時他們更有協助自己破解火犬獵人的角色，只要自己有意維護，溫妮或許也不會過度刁難他們才是。

狄念祖覺得累了，不再與傑克交談，甚至闔上電腦，上廁所洗了把臉，來到窗邊，揉了揉久盯螢幕的雙眼，望著窗外夕陽，腦中浮現出那三張照片。

他猶然記得，在媽媽生命中最後一次生日那天，他放學後特地去買了個蛋糕，回家爲媽媽慶生。現在回想起來，那時候的媽媽，笑容似乎開朗許多，不像以往那種勉強擠出來的苦笑。

當時他還以爲是因爲自己精心挑選的蛋糕的緣故。

原來是爸爸在他上學時，探望過媽媽……

「念祖，媽媽問你，在你生命中，最重要的日子是哪一天，你知道嗎？」

「是我生日？妳把我生下來那一天？」

「不是。」

「我上小學的第一天？你們買電腦給我那一天？還是……」

「都不是。」

「那到底是哪天？」

躺在床上的媽媽，說了個日期，對狄念祖而言，那只是個平淡無奇的日子。

CH06 廁所裡的深思

偌大的作戰會議室擠著滿滿的人，頭上都戴著附有耳機和麥克風的通訊裝置，每人面前都有一台電腦。

這百來人分成了十七個小組，每組四至八人不等，這十七個小組負責將命令下達至全球各地的據點。

十七個小組的前方，是一張長桌，斐姊端坐在正中央，兩旁分別坐著她的重要助理，斐姊身旁空著兩個位置，這是爲即將返回第五研究部的斐霏和溫妮所留的位置。

斐少強則窩在長桌角落最右側，懶洋洋地伏在桌面上。

此時，已到了交換人質的最後一刻，斐霏和袁燁通過了對方醫療團的七日體檢，三十分鐘前，已各自與己方護衛團會合，撤往彼此陣營。

或許是因爲袁唯與斐姊都將親人安危放在第一順位，且明白即使在交換人質的過程中動些手腳，佔了點便宜，也影響不了接下來全面開戰時的戰局之故；因此這次交換人質的過程，順利得出乎異常。

作戰會議室裡那面巨型螢幕牆，分割出兩、三個中型螢幕，那是直升機的空拍鏡頭，鏡頭中是斐霏的護衛車隊。

螢幕牆上另一個更大的畫面中，袁唯斜斜倚在一張銀色椅子上，身上多處地方還插著密密麻麻的管線，那些管線連接至椅後幾座銀色金屬櫃子裡，金屬櫃子外觀刻著華美的裝飾圖騰，像是刻意爲了遮掩裡頭的醫學儀器所打造的。

袁唯身後還站著幾名護理人員，他們一身淡黃色滾著金邊的裝扮顯得莊嚴而肅穆。那兒的氣氛就像是一名偉大的宗教領袖即將接受專訪。

「這次交換人質進行得非常順利，這應該是第五研究部和第三研究部，所合作過最完美的一次行動。」斐姊舉起桌上的水杯，向袁唯致意。

「嗯……」袁唯點點頭，自一旁護理人員手中的銀色托盤上，托起一只黃金高腳杯，飲了一口，說：「斐姊，雖說我們彼此，早就預料到會有這麼一天，但是，當這一天眞正來臨時，還是很令人震撼呢。」

「我不覺得有什麼震撼之處。」斐姊冷笑幾聲。

「而接下來……」螢幕另一頭，臉色蒼白的袁唯微笑回應，在護理人員的攙扶下緩緩起身。「就是我替袁家、替聖泉，清理門戶的時候了。」

「你爲了奪權，殺了第五研究部兩位長輩，他們也是你的親伯伯和叔叔，你爲了實現自己的狂熱信仰，把全世界搞得天翻地覆，替聖泉清理門戶的，是我們聖泉第五研究部才對。」斐姊淡淡地說。

「原來，斐家，心裡還有聖泉這塊招牌呀……」袁唯長長吁了口氣。「我一直在等……等你們斐家，自立門戶那一天……」

「你可能永遠也等不到這天。第五研究部會替聖泉除掉叛徒，帶領聖泉重返正途。」斐姊正氣凜然地說。

「斐姊，妳可知道，其實我很高興。」袁唯笑了笑，說：「雖然，妳逼得我不得不改寫原本的計畫，但是，我發現，這麼一來，我的神話，變得更加精采萬分……」

「跟奈落王狄念祖比起來，妳，或許才是與我平起平坐的對手……」袁唯輕咳幾聲，口唇變得更加青白，雙眼卻綻放出異樣的耀目光芒。「我非常期待，接下來由我們袁家，和你們斐家，共同演出的這場動人聖戰——」

「斐霏的車隊再過五分鐘就要抵達基地大門，我準備去見我妹妹了。」斐姊冷笑了笑，站起身，揚手示意切斷視訊對話。

巨型螢幕牆上袁唯的畫面瞬間一片漆黑，斐霏車隊的畫面登時放大，佔據了整個螢幕牆，車隊距離第五研究總部，只剩下不到一公里路程。

「通知全球四十三個據點，行動！」斐姊高聲一呼，整個會議室登時沸騰，各組人員立刻將斐姊的命令傳至全球各地。

斐姊和斐少強，以及幾名隨行助理，則邁開大步往會議室大門走。

「大姊，妳看到袁唯剛剛的樣子嗎？」斐少強打著哈哈說：「聲音變得好怪、眼神也不一樣了，他的毗濕奴轉殖工程被我們打斷，不曉得究竟是成功還是失敗了呢？」

「無妨，不管成功還是失敗，都比不上我們身體裡的『鳳凰』。」斐姊這麼說。

「更比不上即將降臨的紫鳳。」

「但二姊曾被他們擄去，他們雖然沒有傷害二姊，但或許已經從二姊身上取得了鳳凰基因的樣本了。」斐少強說。

「那又怎樣？」斐姊說：「鳳凰基因是特別針對斐家人打造的，只能在斐家人身上作用，就算他們取得斐霏的基因，要培育出堪用的戰士，至少也得花上一年，現在我們找回了阿耆尼基因，阿耆尼基因是針對鳳凰基因而培養的強化基因，兩者結合之後，才是鳳凰基因眞正的力量，這一點，連負責監造阿耆尼基因的吉米都不知道，再加上即將完工的長生基因，以及我們祕密培育多年的『斐家軍』，屆時要量產破壞神，也不成問題了。」

「雖然袁家總資源勝過我們許多，但短期之內，袁唯身體未癒、心智混亂，肯定打不過我們計畫已久的全球突襲；時間拖得長了，讓我們逼出康諾從南極帶走的研究資料，再等狄念祖解開另一半資料，我們的研發技術更能遠遠超過袁唯，就算他有南極的杜恩撐腰，也無用武之地了。」斐姊哼哼笑著說：「況且，杜恩根本不是眞心支持袁唯，只要斐家在初期的戰事中壓制袁唯，我想杜恩或許會轉向支持我們。」

「嗯，看來袁唯輸定了……」斐少強心不在焉地搭腔，接著隨斐姊一同搭乘電梯向下，準備迎接斐霏，他猶豫了半晌，這才開口：「大姊，雖然體檢沒有異狀，但我還是擔心二姊……」

「你擔心她被洗腦？」斐姊頭也不回地問，像是也想到了這一點。

「是啊……」斐少強說：「可惜袁唯這麼快就要求交換人質，我們沒時間對袁燁進行洗腦，假使能讓他成爲我們的人，等於一口氣接收第四研究部呢。」

「我想過這個問題。」斐姊說：「但這七天來，我們不是也時常和斐霏對話嗎？我感覺不出斐霏和以前有什麼不一樣。我試著推測袁唯的行事邏輯，他軟禁斐霏，無非是想打著袁正男袁氏招牌，一步步收編第五研究部——對斐霏洗腦，讓她開口名正言順逐漸削弱我們斐家勢力，乍看之下，或許是最快的一條捷徑。但這麼做有兩個問題，一、最好的洗腦人員都集中在黑雨機構裡，黑雨機構多的是我們的人，必然會走漏風聲。二、洗腦後的斐霏，言行如果反常，我們難道看不出來？袁唯如果這麼做，等於直接向我們宣戰，這就和他原本柔性收編的計畫背道而馳了。」

「但是……」斐少強似乎仍不放心：「我是說如果，如果千分之一、萬分之一的機會……」

「總之，這幾天你多費點心，看著你二姊囉，有任何異狀，記得向我報告。」斐姊像是早已想著了這一點。

「要不要告訴二姊，姊夫也向袁燁要了個女奴這件事？」斐少強笑著問。

「這件事先別說。」斐姊搖搖頭。「斐霏若知道了，肯定會親手殺了那頭母豬。她要是發起飆來，就算是我也沒把握能夠安撫她，那樣一來，可要跟狄念祖鬧翻啦，那小子愛那母豬愛得不得了。」

「大姊，妳不是一直想看看，一個男人願意爲一個女人犧牲到什麼程度嗎？讓二姊去找她麻煩，這不就剛好可以一飽眼福啦。」斐少強笑著問。

「現在不是時候，先看看狄念祖那小子，究竟解不解得開那鬼密碼。」斐姊若有所思。「我曾聽兩個老傢伙提過，聖殿神宮不只南極基地那座，每一座神宮中都藏著強大的力量和超凡的技術，杜恩長年坐守南極基地，專研聖殿神宮裡的資料，爲的就是尋找其他聖殿神宮的下落，但當年康諾反叛，不但破壞了聖殿神宮裡某些設施，也帶走了部分珍貴資料，才讓杜恩的研究遲遲沒有進展。」

「狄念祖父親當時發動的電腦攻擊，透過網路癱瘓了聖泉全球各部門超過一百處大型實驗室的電腦伺服器，除了造成設備毀壞之外，也從袁安平旗下第二研究部門最高機密資料庫裡，竊取出一批資料。這些資料，我們第五研究部一直無權取得，想必是南極基地裡的最高機密。」斐姊繼續說：「現在康諾也在我們手中，如果能將兩邊的珍貴資料拼湊完成，或許能夠找出其他聖殿神宮，從中取得更高境界的力量和技術，再加上我們自己研發多年的鳳凰基因和阿耆尼基因，到時候，斐家可眞能夠抛下聖泉這個招牌，眞眞正正地自立門戶了。」

「二姊出來了。」斐少強和斐姊步出高樓大門，只見前方車隊緩緩停下，斐霏在溫妮的攙扶下，步出車門。

□

「下來好多人，哪個是大堂嫂？」狄念祖伏在廁所窗邊，問著肩上的傑克。

「我只聽過她的大名，不知道她的長相。」傑克答：「不過我認得溫妮，我猜是溫妮旁邊那位穿著白衣服的女人。」

這臥房正好位在高樓轉角處，主窗面著西面的火炎山，但位於另一側的廁所窗子，則向著北方，一人一貓擠在窗邊，能夠勉強瞥見面朝東北方向的第五研究總部正門。

只見斐霏的車隊駛入第五研究總部園區後，直直往總部高樓駛來，在距離高樓約兩百公尺處的哨站前停下，車門紛紛開啓，所有人一齊下車。

由於廁所窗戶內也設有能夠自由升降的攔阻柵欄，狄念祖僅能勉強將腦袋擠在攔阻欄杆的縫隙處，朝著底下張望。

傑克腦袋小，能夠擠出欄杆，將臉貼著玻璃向下瞧，因此看得比狄念祖更清楚。

「大堂嫂長什麼樣子？」狄念祖隨口問。

「看不清楚，隔太遠啦，小狄，我只看得見大家衣服的顏色。」傑克回答，接著喵嗚兩聲，說：「斐姊出來了，她還帶著她弟弟。」

「大堂嫂回來了，這表示人質交換完成，接下來腥風血雨的大戰就要開始啦……」狄念祖喃喃自語，突然聽見喀啦啦的鎖鍊碰撞聲，轉頭一看，是月光站在廁所外頭。

「妳要上廁所嗎？我立刻出去。」狄念祖將傑克的腦袋揪出柵欄，準備離開。

「不……」月光搖搖頭，怯怯地說：「我……我也想看看她的樣子。」

「妳想看大堂嫂？」狄念祖立時會意，月光想要看看王子正宮老婆的模樣。

「從十幾層樓看下去，看不清樣子。」狄念祖雖這麼說，但仍讓出了個位置給月光。

月光拖著鎖鍊，緩緩走入廁所，湊近窗戶，雙手扶著欄杆，將臉擠在兩根欄杆之間向下望，只見一群人湊在一塊兒，雖然距離遙遠，看不清各人樣貌，但她立時知道站在斐姊面前那白衣女子，便是大堂哥的妻子斐霏。

斐霏起初低著頭，像是與斐姊交談著什麼，接著，她們姊妹相擁在一塊兒，斐少強也雀躍地在一旁比手畫腳。

「是啊，大堂哥的老婆也姓斐，和斐姊是一家人……」月光愣愣地問：「飯，你有家人嗎？」

「嗯？有啊。」狄念祖想不到月光這麼問他，這才想起月光生於實驗室的培養箱，自幼只有小侍衛，沒有家人，頂多是與出身相仿的女奴們互稱姊妹，但親密度與斐家姊弟或袁家三兄弟等眞正的親人相比，可有著天壤之別了。

「不過都不在了。」狄念祖苦笑說：「我是獨生子，父母都過世了，還有一些多年沒聯絡的遠親，我和他們不親。」

「王子有家人嗎？」月光問。

「這我不清楚。」狄念祖搖搖頭。「我跟他不熟。」

「一般來說，結了婚的夫妻，就是彼此的家人，如果又生了寶寶，那就皆大歡喜了。」傑克在一旁插嘴。

「所以，王子和他老婆是一家人……」月光斜著頭，喃喃自語：「那我算什麼呢？」

「斐姊說妳是母……」傑克說到一半，被狄念祖揪著背毛扔出廁所，又氣呼呼地蹦了回來，喵嗚一聲躍到狄念祖頭上，說：「小狄你幹嘛不讓我說話？」

「如果王子願意跟妳在一起，你們結婚，你們就是一家人了，但如果他想繼續跟斐霏在一起，妳只是第三者。」狄念祖沒有理會傑克，而是這麼對月光說。

「第三者？」月光不解地問：「那是什麼？」

「就是……本來幸福快樂的一對情人，但其中一人三心二意，看上了新對象，而介入他們之間的那人，就是第三者。」狄念祖這麼解釋。

「小狄，廣義上來說，你也是大堂哥跟月光小姐的第……」傑克搶著說，又被扔出了廁所，他本想再跳回狄念祖身上，但見狄念祖瞥來的目光有異，知道第三次應該不是被扔出廁所，而是要擲在牆上了，傑克便不再前進，倚在門邊舔著爪子，細聲自語：

「廣義上本來就是這樣沒錯呀，我是說廣義上的……」

「我不懂……」月光嘆了口氣。「如果王子和他老婆已經幸福快樂，爲何又對我說，要和我幸福快樂過一輩子？」

「這……」狄念祖一時間不知該如何向純白如紙的月光解釋花心男人的思考模式和行事作爲，他抓抓頭，說：「有些人貪心嘛，一個老婆不滿足，想要許多個老婆……斐霏是大公主、妳是二公主，大公主跟王子抱在一起睡覺時，二公主在床鋪旁邊搧扇子，等到王子又娶了三公主和四公主時，就讓她們幫妳搧扇子……如果妳願意的話。」

「我……」月光低頭蹙眉、神情糾結，顯然不願意接受狄念祖的說法，但她的王子有個正宮，卻是人人都知道的事實。

月光儘管和其他女奴一樣，在實驗室裡接受著正規的思想設定工程，但狄國平那場攻擊行動，毀壞了聖泉實驗室裡許多設備，月光在未完成全部的思想設定程序之前，便被同是半成品的糨糊和石頭救出毀壞的培養箱，帶著她逃出了實驗室。

月光是個未完成品。

「妳應該也知道妳的出身吧，妳和我們不一樣，妳是從實驗室裡人工製造出來的生命，那些科學家、研究員使用藥物和儀器，將對他們有利的思想、觀念和使命，強制灌輸到妳的腦袋裡，妳不得不照著他們規劃的方向走……」

「夜叉的使命是服從和執行上級交代的一切，大多是戰鬥；溫妮是斐姊的祕書，使命是效忠斐姊，做她護衛、幫她處理事情；那些阿修羅、提婆、羅剎，也各有各的使命。就連妳的米米和皮皮，還有糨糊、石頭，他們也都有各自的使命——」狄念祖說到這裡，頓了頓，說：「就連我也有使命，在這世上，有我認爲重要到能夠爲此付出生命也要完成的事；也有，重要到爲她付出生命，也要守護的人。」

「但妳知道嗎？你們跟我最大的不同，在於妳、米米和皮皮，羅剎和夜叉、提婆阿修羅，你們的思想和使命，並不是經由正常思考產生，而是被強制設定出來的東西。」狄念祖這麼說：「妳對王子的愛，和夜叉對上級的忠誠，並沒有差別，因爲你們在還沒有思考之前，就已經在執行那些人設定好的使命。」

「思考……」月光歪著頭，思索著這個詞彙的意思。

「是啊，思考。」狄念祖說：「天底下所有事，是好是壞、是對是錯，應該自己判斷，如果我叫妳殺死路邊一個無辜小孩，妳一定不肯，因爲妳知道那是錯的；但王子明明有了大公主還想要二公主，趁著大公主斐霏不在的時候，才來親親沒有名字的二公主，大公主一出現，二公主只能乖乖看著他們親親抱抱，妳願意嗎？妳可以仔細想一想，不論妳的答案是什麼，至少妳思考過了，而不是靠著一台噁心的洗腦機器來替妳決定這些答案。」

「我……爲什麼我要當二公主？」月光紅了眼，像是早已想過千百遍類似的問題，她抿著嘴，淚水在眼眶裡打轉，突然說：「飯，你是不是有跟我說過，要教我……橫……橫刀？橫刀……」

「橫刀奪愛？」狄念祖哦了一聲，欣喜地問：「妳想起來了？」

這些天來，狄念祖時常向月光講些之前共度的冒險時光，有時也會找果果一同幫腔，就盼月光恢復記憶，但月光只是苦笑搖頭。

「不……」月光抹了抹眼角的淚水，說：「我只是作了一些夢，或許那些夢就是我過去的記憶，但我分不清哪些是夢，哪些是眞的……」

「這樣啊，沒關係……慢慢來吧。」狄念祖見月光情緒有些起伏，擔心要是惹哭了她，引來監視婦人的關切，也是難看，便拍了拍月光的肩，帶她出了廁所。

月光生性善良，雖然數日前對狄念祖有所忌憚，甚至將他視爲敵人，但這些天下來，狄念祖每日抽血給她喝，大多時候並未惡言相向，即便偶爾調侃她的王子幾句，頂多惹她生悶氣，她並沒有眞正將狄念祖視爲敵人。

CH07 條件

寬敞的客廳凌亂一片，大堂哥側臥在沙發上，看著DVD打發時間，顯得頹喪焦慮、面容憔悴。這些天來，他雖在自宅中生活，且三餐起居都有專人照應，但無法踏出家門一步，且被封鎖與外界的任何聯繫，形同軟禁，家門外有整隊夜叉看守，他不像狄念祖或月光那樣身懷絕技，體能狀況和一般成年人沒有兩樣，因此他連逃跑的念頭都沒有，因爲那是不可能的事。

叮咚——

門鈴響起，大堂哥將手中紅酒放下，懶洋洋起身，來到玄關，揭開門，破口便罵：

「晚餐時間還沒到，不是叫你們別來煩……」

大堂哥語末那個「我」字還沒說出口，陡然瞪大眼睛。

站在他面前的，可不是那些負責照料他三餐的侍者，而是斐霏和斐少強。

「妳……妳……」大堂哥哎喲一聲，像是見著了鬼般地向後退開，腦中一片空白，本能地想要逃跑，但雙腿一軟，撞上一旁的鞋櫃，轟隆隆地摔得七葷八素。

「這就是我們的新家……」斐霏面無表情地跨過大堂哥，走入家門，望著一片狼藉的客廳，她伸手在那灰色高級沙發上摸了摸，只見沙發上沾滿了紅酒、菜餚汁液等污漬。「這沙發是我們一起挑的。」

這些天來大堂哥頹喪至極，心知倘若斐霏平安歸來，得知他與袁唯合作軟禁自己，肯定要將他大卸八塊了，但如果斐霏回不來，斐姊還是會將他大卸八塊，橫豎都是死，他便將怨氣全發洩在一些負責伺候他的侍者身上，每日暴飲暴食，醉生夢死，對於環境整潔，自然也毫不在意了。

斐霏皺了皺眉頭，向門外喊了幾聲，兩名侍者立時進來，她指著沙發和桌子，吩咐：「把客廳整理乾淨，這些髒桌子、髒沙發全換掉，我要一模一樣的。」

斐霏說完，轉身往餐廳走，這新房極其寬敞，有六房三廳，餐廳與客廳有段距離。

「姊夫，你這什麼樣子。」斐少強搖搖頭，彎下腰，將大堂哥一把拉起，拍了拍他的背，扶著他跟在斐霏背後，一同來到餐廳。

斐霏靜靜挑了張椅子坐下，一名侍者立時替斐霏倒了杯水。

「我錯了……」大堂哥撲通一聲跪倒在斐霏腳邊，顫抖地說：「是我不好……我……我……」

「起來，有外人在，很難看。」斐霏冷冷地說。

「對……對不起，我一時鬼迷心竅，我……」大堂哥連連磕著頭，哀聲求饒：「都是袁唯那傢伙，他騙了我，他……他心裡有病，我……我只是想當個男人，我想自己管第五研究部，等我整頓好了，再來接妳……我……」

「你沒聽見我叫你起來嗎？」斐霏伸出手，抓著大堂哥的肩。「我不是說過很多次，你如果聽見我說的話，就要照著做，你忘了嗎？」

「啊！哎呀！」大堂哥突然慘號一聲，肩膀發出劇痛，似乎被斐霏抓得脫了臼，斐霏身體裡也有著鳳凰基因的強大力量。

「你們出去。」斐霏皺了皺眉，朝侍者指了指，接著又轉向斐少強：「少強，這是我家務事，你別湊熱鬧。」

「大姊吩咐我照顧妳……」斐少強攤了攤手，有些爲難，但他見大堂哥竟哭了出來，知道接下來還有得他受，自己硬待在這也實在尷尬，便說：「好吧，我晚點再來……」

斐少強轉身要走，突然又回頭，怯怯地問：「二姊，妳確定要在這裡……和姊夫說話？要不要換個地方？」

「夫妻在家中說話，有什麼不對嗎？」斐霏喝了口水，淡淡地說。

「嗯……」斐少強抓抓頭，說：「我的意思是……嗯，算了……我會請人先準備好，等姊妳有需要，他們會來整理……這裡。」

斐少強說完，轉身離去，忍不住摸了摸轉角那精美的裝飾雕像，喃喃自語：「眞是可惜了，這是我們斐家新社區裡最好的一戶啊。」

大堂哥痛苦地摀肩站著，心中絕望，他見斐少強那反應，似乎認定這新宅即將要變成凶宅了。

斐霏默然不語，自顧自地將杯中水喝盡，又倒了一杯，還替大堂哥也倒了一杯，說：「坐下吧。」

「是……是……」大堂哥乖乖坐下，脫了臼的肩膀痛得他面容扭曲。

「我聽說了，你這麼做，是爲了取得第五研究部的實質領導權。」斐霏冷冷地說，忽地站起，來到大堂哥身邊，抓著他脫了臼的胳臂和肩膀。

「是……」大堂哥臉色發青，只感到肩膀又是一陣劇痛，哀號幾聲，接著卻發覺痛楚減緩許多，原來是斐霏又將他胳臂接了回去。

「你說，你取得實質領導權，要來接我？」斐霏問。

「是……是……」大堂哥抹了抹額頭、臉龐上那豆大的汗珠，連連點頭。

「要是眞讓你計畫成眞了，你以爲袁唯還會對你客氣？」斐霏回到座位上，說：「袁唯早就有意將斐家趕出聖泉，你當他是看在你這堂哥的親情上？他是想連你這堂親的股分也一併吃下。」

「是……」大堂哥無話可說，他不是沒想到這點，但與袁唯合作，顯然是他在權衡得失之後，才做出的決定。他的嘴唇動了動，似乎想說些什麼。「我……」他與斐霏目光交會，立時又低下頭，閉目不語。

「你有話想說？」斐霏不悅地說：「你明明是袁唯的堂哥，卻寧可當他的小弟，來對付自己最親近的妻子？」

「……」大堂哥摀著臉，垂頭嘆息，喃喃說著：「是啊，想一想，眞的很奇怪，我也不喜歡袁唯，我爸爸也不喜歡他們一家……但……但我日子過得很痛苦……」

「跟我在一起，很痛苦？」斐霏瞇著眼睛，深深吸了口氣。「我是你的妻子。」

「但我的妻子，只是將我當成一條狗……」大堂哥摀著臉，嗚嗚哭了起來。「妳大姊、妳弟弟……全都將我當成一條狗，就連……你們的部下，全都那樣看我，我受不了……」

「……」斐霏愣了愣，手中水杯落到了地上，啪哩摔得四裂。

□

「這麼快！」狄念祖不可置信地望著溫妮，他窩在臥房樓上的工作室那張人體工學椅上，這本來是溫妮的個人辦公室，與底下的臥房一樣，位於本部高樓轉角處，房中兩面大窗，一面向著火炎山，一面向著本部大門。

「是啊。」溫妮點點頭，說：「其實，我們更快。人質交換行動落幕那一刻，我們在世界各地同時對袁唯陣營發動突襲，在這七小時內，我們攻陷了袁唯陣營二十三處重要據點。順利的話，一個月內，袁唯手下重大據點，我們可以接收八成以上。」

溫妮笑了笑，補充說道：「傍晚開始，許多國家政府已經送來賀電，準備倒向第五研究部了。」

「那……恭喜了，但我比較關心這裡……」狄念祖指著窗。「妳說袁唯大軍已經包圍了整個第五研究部？」

「是啊。」溫妮笑著說：「畢竟我們這裡是本部嘛……袁唯幾乎動員了台灣本島上所有實驗室和羅刹訓練場，現在本部外圍集結的兵力，大約是我們這兒的十倍左右。同時，袁唯整個東南亞、中國大陸、澳洲的分支部隊，也正往台灣開來，他應該早就決定在交換人質之後對我們發動全面戰爭，準備了這些天，才能動員得這麼快。」

「十倍？那為何不早點撤退？」狄念祖瞪大眼睛說：「不如坐直升機逃吧，留得青山在，不怕沒柴燒，我快要解開火犬獵人了，只要再拖上一段時間……」狄念祖邊說，邊將筆電轉向溫妮。

畫面裡的小主角，正位在一個先前鎖上的房間中，那是家中的主臥室。

「你怎麼進去的？」溫妮咦了一聲，好奇地問。

「之前一直沒有頭緒的key，就是日期。」狄念祖操縱起另一台筆電，開啟「火犬獵人」，他操縱著主角跳下床，來到書桌邊，點選書桌上一只電子錶，同時向溫妮說明：「如果妳研究過這遊戲，應該沒有漏掉這支錶。」

「是，它可以調整時間和日期。」溫妮說：「但不論怎麼調整，都沒有任何反應。」

「因爲這不是一款遊戲，這是一款加密程式，就算調整到正確的時間日期，也不會出現任何對或錯的提示，必須做出符合那個日期的行爲，才能一步步繼續前進。」狄念祖這麼解釋。

念祖，有些事，你現在還不明白，如果可以的話，媽媽希望你永遠也不明白，但如果眞的發生了，你或許無法置身事外。

我告訴你一個日期，你千萬要記住。

那是個偉大的日子。

雖然媽媽眞心希望你永遠幸福快樂，但在這個世界上，有許多事，比個人的安危和快樂來得更加重要。

因爲這樣的理念，那一天，媽媽和一些朋友決定捨棄了個人的幸福，來追求更多人的幸福……

「我爸爸留給我的三張照片裡，其中一張裡頭的人，都是寧靜基地的創始成員；另一張，是我媽媽生日，我看過照片之後，才知道那一天，爸爸探望過媽媽，這讓我想起那天晚上，媽媽和我說了很多話，她告訴我一個日期，叫我千萬要記住那個日子，但其實我早已忘了，但她對我說的那段話，我還記得。看過照片後，我想媽媽當時要我記住的那個日子，是寧靜基地小隊正式組成那一天。」狄念祖這麼說。

「所以你將電子錶的日期，調整到了那一天。」溫妮說：「如果這就是key，爲何寧靜基地那些人解不開？」

「因爲主角是我。」狄念祖指了指自己：「我在那一天做了什麼事，只有我知道。」

「你做了什麼事？」溫妮問。

「我考了個爛成績，爲了不讓父母知道，我把考卷藏在我的祕密基地——河邊的水泥管裡。」狄念祖快速操縱著遊戲裡的主角，前往河岸橋下的水泥管，點選了水泥管中一只小盒，在遊戲中，只有在這個日期來到橋下水泥管，主角身上才會帶著考卷，能夠將考卷放入小盒中。

「然後回家，我房間會多了台電腦。」狄念祖操縱著主角返家，進入房間，本來不論如何探索都不會變化的起始房間中，真的出現一台個人電腦。

狄念祖點選遊戲中的電腦，立時跳出一個視窗——

「念祖的月考成績單」，視窗標題這麼寫著。

接著，狄念祖在視窗中的六個欄位裡，依序填入他當時的成績。

他在國語欄位上，填入了「75」分，順利啓動那台個人電腦。

「就是類似這樣的解法。」狄念祖說：「接下來，這台電腦會陸續提示我新的日期，大都是些我印象深刻的日子，我只要回想那些令人難忘的日子，就能夠進行下去。現在遊戲裡大部分上鎖的房間都打開了，再過不久，我就能完成整個遊戲了。」

「原來如此，這果然是狄國平老師替你量身打造的遊戲。」溫妮點點頭，曾任聖泉最高資安部門主管的狄國平，曾經指導過溫妮許多關於資訊安全的技術，因此溫妮稱狄國平爲老師。

「所以，我誠心建議妳們。」狄念祖說：「別硬碰硬，我見識過袁唯的力量，那種力量不是現在的你們能夠對抗的，就算是鳳凰基因……」

「阿修羅和夜叉的戰力差距如何，你應該很清楚。」溫妮說：「而先前那一戰的結果如何，你也見到了，只要使用專業的戰術、配備精良的武器，第五研究部便能以寡擊眾。」

「……」狄念祖點點頭，他知道不論是斐姊還是溫妮，都瞧不起宗教狂袁唯，她們打從心底認爲在戰爭這個領域，袁唯是個外行人，即便擁有更豐厚的資源、強勢的生物兵器，仍然不是軍火世家——斐家的對手，在第五研究部旗開得勝的當下，要斐姊下令撤離本部，自是痴人說夢。

「好吧。」狄念祖攤攤手，說：「那能夠答應我一個要求嗎？」

「我想要自保的力量。」狄念祖說：「我不敢奢求擁有一支獵鷹隊保護我，但至少請把月光那些小侍衛交還給我們，那些傢伙雖然刁鑽討厭，但在必要時刻，能夠變形成刀子、斧頭、盾牌等武器，我和袁唯梁子結得不小，要是再被他抓回去，肯定生不如死，我一想到，就怕得不得了。」

「哼。」溫妮扠著手，微笑不語好半晌，才說：「其實以你現在的力量，當你眞的面臨險境時，有沒有那些小東西在身邊，其實沒有差別。」

「不過，他們如果讓你以爲自己能夠趁著兩邊大戰，有機會逃出這裡，而感到興奮愉悅的話，我不介意讓他們陪你，就當作給你認眞破解遊戲的獎賞。」溫妮淡淡地說。

「當然，我也有條件。」

「條件？」

「我給你七天時間，到了第八天，你必須交出密碼，如果交不出來，你就得選出一個小侍衛，我會在你面前處決他。接著，我再給你兩天時間，一天讓你調整心情、一天繼續解密，如果又沒有進展，就再選一個小侍衛給我處決，直到小侍衛全死光了，你還是解不開密碼，就輪到小侍衛的主人囉。」溫妮說到這裡，伸手指了指地板，小侍衛的主人，指的便是樓下的月光。

「妳……」狄念祖不禁訝然，說：「其實我有十足信心，但妳提出來的條件，根本是冷血的威脅，我以爲我們是合作夥伴。」

「就是因爲我將你當成夥伴，所以才特別提出這樣的『威脅』，以表誠意。」溫妮淡淡笑著說：「斐霏已經平安返回第五研究部了，你明白這代表什麼意思嗎？我給你七天，每個小侍衛再緩衝兩天，這已是我的最大權限了，狄念祖，你應該向我道謝。」

「喔。」狄念祖點點頭，陡然明白溫妮的意思，斐霏絕對容不下月光，倘若她知道大堂哥多了個神祕小公主，且就被囚在第五研究本部裡，必定會立刻動手，溫妮提出這條件，反倒能讓月光在三週內安然無恙。

「我明白了，謝謝妳。」狄念祖誠摯地向溫妮鞠了個躬，說：「今天快結束了，明天才開始算，可以吧。」

「可以。」溫妮點點頭，又說：「現在開始，我會長時間待在作戰會議室裡，沒辦法跟著你，你要是害怕，可以待在我身邊，也可以自己在這裡用功，生活起居就按照先前交換人質時的做法，有任何需求，向守衛提出。」

接著，溫妮又交代了些瑣事，這才離去。

半小時後，十幾名人員推著七只監禁箱子，將糨糊、石頭等七名小侍衛全送入了樓下臥房。

「糨糊、石頭。」月光望著淚眼汪汪的糨糊和石頭，認真地對他們說：「飯他說，你們以前是我的小侍衛。」

「是！」糨糊跟石頭連連點頭。

「但是後來，我將你們送給了飯。」月光這麼說。「飯告訴我的，是不是？」

「沒有才沒有，飯他說謊，他是大騙子，他本來答應給我很多小汽車，結果他反悔！」糨糊搶在石頭開口前鬼叫嚷嚷起來。「公主千萬不要相信他。」

「石頭……」月光望向石頭，說：「你要說實話。」

「是……」石頭點點頭。「公主……要我們……永遠保護飯。」

「石頭，你聽錯了。」糨糊伸手摀住石頭的嘴巴，氣呼呼地說：「公主是要我們每次見到飯都打他一頓！」

「說謊要懲罰喔。」狄念祖扠著手，倚在一旁，對月光說：「石頭誠實，獲得抱抱一次。」

「嗯……」月光有些猶豫，卻還是按照狄念祖的指示，將石頭輕輕摟在懷裡，親了他的額頭一下，說：「石頭好乖，還記得我的話。」

「啊！」糨糊瞪大眼睛，甩出黏臂，想要將石頭拉出月光懷裡，又怕冒犯月光，只急得跳腳，在月光身旁繞來繞去，不停說：「我呢、我呢、我呢？我也要！我也要抱抱！」

「糨糊，我再問你一次。」月光望向糨糊，說：「你將我當作公主嗎？」

「對！公主！」糨糊連連點頭：「公主是我們的公主，我跟石頭才是公主的小侍衛！」

「小侍衛……會執行……公主交代的任務嗎？」月光歪著頭，像是在背誦著事先擬定的說詞——狄念祖交代的話。

「會會會會會——」糨糊興奮地跳著，倘若月光交代任務給他，等於眞正將他當成侍衛了。「我會認眞執行。」

「糨糊、石頭，我再說一次。」月光站了起來，神情嚴肅地望著糨糊和石頭，抬起手，指向狄念祖。「從現在開始，保護這個人，像以前你們保護我一樣地保護他。除非我收回命令，不然你們一定要聽他的話。這是公主給你們的任務，你們如果願意執行，就是公主的小侍衛，不願意執行的話，就再也不要叫我公主了。」

「是……公主。」石頭立時點頭，來到狄念祖身邊，靜靜站著。

「什麼！」糨糊想不到月光所交代的，又是這樣的任務。他手足無措，一會兒看看狄念祖，一會兒看看月光。

「喔，月光，看起來糨糊不願意接受公主的任務呢。」狄念祖說：「他可能想辭職了。」

「誰說的！」糨糊聽狄念祖那麼說，本氣得要跳腳，但見石頭神情肅穆，一副已經在執行任務的模樣，又見月光望著他，像是在等待他的答案，只好乖乖來到狄念祖身旁站著。他心有不甘，本想偷偷以黏臂攻擊狄念祖，但想起自己已打不過狄念祖，加上月光正看著他，便抽抽鼻子，委屈地舉起黏臂，擺出護衛架勢。

「很好。」狄念祖拍拍手，說：「石頭，快對公主宣誓，說你一定會好好執行公主交代的任務，保護好狄念祖將軍。」

「保護……將軍……」石頭一時間無法完全覆誦狄念祖的話，但神情卻十分認真。

「完成……公主交代……任務。」

「好棒、好棒！」狄念祖立時拍手，說：「石頭好乖，我讓你當隊長。」

「什麼！」糨糊在一旁聽了，立時叫嚷起來，雖然小侍衛間並無高低之分，但一直以來，糨糊機伶，石頭痴傻，因此糨糊總是將石頭當成小弟指揮，此時聽狄念祖讓石頭當隊長，可不服氣，大聲抗議：「飯，你說什麼，我才是隊長、讓我當隊長、我要當隊長！」

「你又沒宣誓。」狄念祖哼哼地說。

「宣誓……」糨糊瞪大眼睛，僵硬了幾秒，勉強將「個屁」二字吞回肚子裡，改口說：「糨糊會乖乖執行公主的任務，保護好這個臭飯——」

「好，你也是隊長。」狄念祖滿意地點點頭。

「我跟石頭都是隊長，那誰是小兵？」糨糊似乎不太滿意這樣的階級分配。

「嗯……」狄念祖望向月光腳邊那海膽侍衛刺針、圓球侍衛湯圓和六角侍衛小怒，對月光說：「妳不介意再派三個小兵給我吧。」

「你們也要保護他，知道嗎？」月光對著刺針、湯圓和小怒這麼說。她被洗腦後，心中認定的侍衛便只有米米和皮皮兩個，對於這麼多小傢伙都當她是公主，也感到有些莫名其妙，因此當狄念祖與她商量，說服溫妮將米米和皮皮還給她，條件是將另外五個小傢伙交由狄念祖指揮，月光便接受了這樣的提議，按照狄念祖的指示，向糨糊和石頭下令。

刺針、湯圓和小怒這三個小傢伙，比糨糊、石頭的完成度更低，幾乎沒有太多個人思維，而是純粹執行公主交代的任務，因此一聽月光這麼吩咐，便全都乖乖圍到了狄念祖身邊。

「以後我是隊長，知道嗎？」糨糊本不願意伺候狄念祖，但終究能夠被月光認可爲侍衛，又升上隊長，且還多了幾個部下，心中的怨怒便也飛散一大半，對著刺針等三個小傢伙擺起隊長架子，嘮嘮叨叨地說教起來。

CH08 不夜之戰

刺耳的警報聲陡然響起。

房中紅光閃爍。

被驚醒的月光還不知發生了什麼事，幼童身形的米米捧著四角體態的皮皮，已盡責地蹲立在月光身邊備戰。

另一邊，狄念祖捧著電腦，驚駭地自沙發站起，石頭和糨糊睡眼惺松地自地板翻身躍起，左顧右盼，卻不知敵人身在何方。

「別緊張，只是警報而已。」守在門口的婦人沉穩地說，並沒有因爲突如其來的警報而做出特別的反應。

「打來了、打來了！」傑克自廁所躍出，來到狄念祖面前，嚷嚷叫著：「袁唯打來了——」

「什麼！」狄念祖訝然地闔上電腦，隨著傑克奔入廁所，將腦袋擠在小窗邊，只見距此甚遠的園區正門方向燃起火光，幾束探照燈向那兒照去，只見園區圍牆外，聚集著密密麻麻的生物兵器，一股腦地翻過園區圍牆，往裡頭擁來。

「這裡看不清楚，到樓上去。」狄念祖想起樓上溫妮的辦公室窗戶較大，且沒有設置欄杆，便奔出廁所，安撫月光幾句，再帶著傑克、糨糊、石頭等，擠進更衣室裡的小電梯，來到溫妮辦公室。

「未免太多了——」狄念祖自窗戶望出，只見距離高樓七、八百公尺遠的園區圍牆處攀入一隻又一隻羅剎，圍牆外的空曠地帶也擠了密密麻麻的羅剎，更遠處，則是許多工程車輛，將各式各樣的儀器、設備運往那兒幾棟樓房。

「好囂張，袁唯直接強徵民宅，想在第五研究本部外頭布署臨時實驗室，就地生產兵器——」傑克攀在狄念祖肩上這麼說。

「守軍呢？爲什麼守軍這麼少？」狄念祖訝然望著那些擁入園區的羅剎，如入無人之境，沿路破壞建築，與少數士兵展開游擊。

狄念祖正驚愕間，只見擁入的羅剎越來越多，那些羅剎雖無組織，但似乎有辨別敵我的基本能力，一見斐姊這方的游擊士兵，便一擁而上，分屍屠戮。

只見這些羅剎在數分鐘內推進了數百公尺，往園區深處擴散開來，包圍了數間大型廠房，那些廠房中的守軍似乎堅守不出，僅透過窗戶向外開槍射擊。

突然，警報聲戛然而止。

整個園區陡然明亮起來。

如同白晝。

「怎麼回事？」狄念祖呆了呆，只見擁入第五研究本部園區的羅剎們推進擴散的速度陡然減緩了下來。

「喵嗷！那些燈——」傑克喵喵叫嚷起來：「這是模擬太陽的光，羅剎體內有抑制機制，一見陽光，眼皮就重得抬不起來，想要睡覺啦！」

「原來如此！」狄念祖想起在華江賓館那場惡戰，那些羅剎們一至清晨，活動力便大幅衰退。

噠噠噠噠噠——

噠噠噠噠噠——

數條要道和建築物中，紛紛架起了重機槍，這些重機槍架設的位置，都是事先規劃好的最佳射擊點，數十架重機槍一齊開火，瞬間便壓制住羅剎的推進擴散速度。

這些羅剎當中，也摻雜了一定比例被拔除了抑制機制的白日羅剎，白日羅剎比一般羅剎更加凶悍狂暴，他們瘋暴地擁向那些重機槍據點，試圖突破火線。

但各處重機槍據點，都有獵鷹隊鎮守。

獵鷹隊夜叉全副武裝，配備的巨型左輪，一槍便能轟去一隻羅剎的腦袋。

無法突破重機槍火網的羅剎們，紛紛轉而攻入附近的建築中，但攻入建築物內的羅剎幾乎有去無回。狄念祖留意到幾處特定建築物，似乎有著專人負責誘敵，裡頭的士兵會不時探出身子，對著遠處的羅剎開槍叫罵，一待羅剎逼近，便又縮回窗中，惹得那些羅剎前仆後繼地自窗子和門攻入。半晌之後，又探出身子叫囂開槍，狄念祖心想那些建築物內，顯然設有機關。

第一波擁入的羅剎，在第五研究本部園區裡嚴密布署的重機槍陣前潰不成軍，部分不畏陽光的白日羅剎，也不是獵鷹隊夜叉的對手，數次搶攻機槍陣地都未能成功，被負責守護機槍的獵鷹隊夜叉屠戮殆盡。

十分鐘後，園區大門擁入第二波羅剎軍團，這批羅剎數量遠少於第一波攻勢，但在光照射設備之下，依舊活動力十足，顯然是被挑選出來的白日羅剎。

這一波攻勢持續了超過一小時，這批白日羅剎並不像第一批羅剎那樣躁進亂攻，而是四處游擊，挑選機槍陣火網薄弱的地方試圖突圍，偶爾也會試著突擊機槍陣地。

這批羅剎在陣亡超過三分之二時，退出了園區。

緊接著便是第三波攻勢，依舊是白日羅剎。

這次數量更少，僅有第二波攻勢的三分之一，攻勢持續了四十分鐘之後，撤出了園區。

「挺有一套嘛，原來第五研究部真的能夠以寡擊眾呢。」傑克雙手按著窗，像個人似地站在窗沿。

「我倒是覺得不太妙。」狄念祖坐在窗邊的電腦椅，說：「這種打法，對守軍很不利。」

「怎麼說？」傑克問。

「敵人每次派兩、三百隻羅剎進來鬧幾十分鐘就撤退，被這樣子鬧上一、兩週，會精神耗弱吧！」狄念祖說：「就算獵鷹隊的夜叉訓練有素，但作戰會議室那些指揮官會先累死吧。」

「狄念祖，你倒挺悠哉。」

溫妮的聲音，自辦公室裡的擴音設備中傳出。「我以為你將全部心思都放在破解加密程式上。」

「妳不也一樣。」狄念祖哼哼回應，左顧右盼，像是在找尋這間辦公室中的擴音設備和針孔監視器。「袁唯大軍壓境，妳應該全力指揮部隊作戰，還有空偷窺我？」

「我能夠一心多用，你不是見識過了嗎？」溫妮笑著說：「不過我現在並不是在監視你，我只是問問，你有沒有興趣接點外務？」

「外務？」狄念祖咦了一聲。「什麼外務？」

「我們攔截到一些不尋常的無線網路封包，這些封包經過加密，要破解得花上好一番工夫。我們發現對方在第五研究本部周邊架設臨時基地台，這些網路封包應該就是從那些臨時基地台發出來的。除此之外，他們開始強徵民宅，建造臨時基地，他們打算在第五研究本部外布署一整圈包圍網，徹底封鎖整個第五研究部。狄念祖，我要你侵入他們的系統，取得未經加密的資料，我想知道整個包圍網的兵力布署。」溫妮這麼說。

「什麼？」狄念祖有些訝異。「這可是大工程吶！我的火犬獵人怎麼辦？」

「還記得我們的約定嗎？」溫妮說：「我給你破解火犬獵人的基本日數是七天，在那之後，每隔兩天處決你一位小朋友。但如果你完成我給你的任務，就算取得戰功，你能夠使用戰功來抵消你那些小朋友們的處決，你取得越多戰功，你那些朋友們存活的時間就越長。」

「哦——」狄念祖聽溫妮這麼說，有些心動，但嘴上仍討價還價。「我就怕花的時間，比破解遊戲的時間還長，一來一往反而吃虧……」

「我勸你還是答應比較好。」溫妮說：「畢竟我們之前的約定，是由我擅自決定的，雖然我確實擁有允諾你那些條件的權限，但你當過老闆，你應該知道有時小主管的決定是會被上級推翻的，而這次這個機會，是由斐姊主動提出，如果我是你，我會好好把握。」

「也對，我接受。」狄念祖立時點頭，他聽出溫妮話中之意，這個機會，讓狄念祖能夠將先前與溫妮的私人約定，升格成與第五研究部的正式合作關係。溫妮在第五研究部位階雖高，但倘若斐霏堅持要找月光麻煩，溫妮也無力攔阻，但如果接下斐姊親賜的任務，且順利取得戰功，斐霏再怒，總得給大姊一點面子了。

「我什麼時候開始上工？現在就得去作戰會議室了嗎？」狄念祖問。

「不，你好好休息一晚，明天再開始也沒關係。」溫妮這麼說，接著頓了頓。「當然，如果槍砲聲吵得你睡不著，想關心戰局，打開電視，就看得到了。還有，作戰會議室裡比你想像中悠閒許多，斐姊在敵人第一波攻勢結束後，就離去休息了，我們有好幾批人輪班待命，你不用太擔心我們，將腦力消耗在自己的任務上吧，今晚，就當免費招待你看一場刺激的戰爭片。」

「我知道了。」狄念祖攤了攤手，知道溫妮聽見了剛才他對於情勢的看法，因此也特別加以回應。

「有電視看？」傑克早已躍到辦公室那寬大的液晶電視前，按下開關，螢幕立時浮現幾個子母畫面，全是第五研究本部園區裡的戰況。

「哦，這是作戰會議室螢幕牆的畫面。」狄念祖哇了一聲，坐在電腦椅上，滑動椅子，來到電視前，仔細看著各個分割畫面。

「袁唯出動夜叉團了——」傑克嚷嚷地指著螢幕上某個分割畫面，跟著又跳上窗沿，望著園區大門方向。

「這數量是怎麼回事？」狄念祖不禁嚷嚷起來。

只見列隊進入園區的夜叉，竟達五、六百隻之譜，在夜叉大隊之後，是一個個身披怪異鎧甲的三頭佛，以及一身鱷皮、拖著帶有銳刺巨尾的高大怪漢。狄念祖在前往三號禁區的路途上曾與這批傢伙對陣過，他們都是提婆級兵器，這批提婆超過百隻；而在更後頭的，是阿修羅。

三十隻以上的阿修羅。

「要玩眞的了嗎？」狄念祖見到螢幕牆上那成群結隊的阿修羅，不禁深深吸了口氣，他知道第五研究本部的阿修羅級別兵器還不到二十隻，大多以鳥類名稱作爲代號。

「我記得張經理曾說聖泉僅有不到三百隻阿修羅，且分布在全球各地，現在袁唯一口氣全派上場了嗎？」狄念祖瞪大眼睛說。

「不。」傑克搖搖頭。「笨蛋張經理的資料過時了，不論心懷鬼胎的袁唯還是斐家，哪願意將自己的兵力誠實上呈，肯定藏了好幾手！我們的人所估計全球正式服役的阿修羅級別兵器數量，至少超過一千隻，加上失敗品和未完成品，數量難以估計——」

在園區大門處集結的夜叉團、提婆和阿修羅尚未有所行動之前，第四波羅刹再度攀過園區圍牆，向四周散去，這波羅刹數量僅少於第一波攻勢。

「這次眞的要發動總攻擊了！」狄念祖哇了一聲，見到夜叉團果然隨著四處散開的羅剎一起行動，百來隻提婆級兵器和三十餘隻阿修羅也兵分多路，飛快推進。

「那些羅剎是用來分散火力的。」狄念祖和傑克一會兒貼在電視螢幕前觀戰，一會兒奔至窗邊遠遠遼望。「那些阿修羅會一口氣衝過機槍陣，攻進這棟大樓——」

「機槍陣地怎麼一下子全不見了？」傑克貼著窗子，突然叫嚷起來，那些重機槍陣地像是早一步收到了指示，不知撤到了哪兒，狄念祖和傑克對於第五研究部守軍這般神出鬼沒的能耐，感到相當佩服。

直到他們盯著電視上幾處分割小螢幕看了好半晌，這才明白其中巧妙。原來整個第五研究部的地底，有著複雜而龐大的地下通道，這四通八達的地下通道，連接著第五研究本部多數建築，除了出入便捷之外，還設有各種陷阱和機關；其中專門殲敵的通道，尋常時能做一般通道使用，一旦負責誘敵的守軍將羅剎誘入建築物裡的地道入口，便與裡頭埋伏的小隊聯合殲敵，那些羅剎的智能比起野獸高不了多少，一中埋伏，全然無法應變，只能乖乖受死。

「哦！」狄念祖望著螢幕，只覺得這地道某些設計與黑雨機構相近，某些路段上，兩端都設有攔阻門，袁唯一方的夜叉進入這些路段時，兩端攔阻門便會迅速閉合，將敵方夜叉困於其中，那些誘敵的獵鷹團會回頭，自攔阻門上的孔洞朝裡頭開槍，將進退不得的袁唯夜叉們盡數擊斃。

整個地道由專門的團隊監控，操縱攔阻門和各種機關陷阱，指揮誘敵的獵鷹團在地道中穿梭行動，大批夜叉和羅剎一入地道，就如同昆蟲踏進了豬籠草般有去無回。

「哇塞，這設計太嚇人了！」狄念祖見某處通道裡的夜叉與羅剎被殲滅後，地道下方幾個方形小孔洞竟擁出大量巨蟻，那是先前奈落戰場上出現過的蟻虎，這些蟻虎如同食人魚般地分解那些夜叉和羅剎的屍身，將之一塊塊地搬回方形孔洞後，兩端攔阻門才緩緩開啓。

「小狄，這就是第五研究部鼎鼎大名的『惡魔之腸』，今天終於讓我見到啦！」傑克在一旁幫腔，在與聖泉對抗的過程裡，極少數潛入第五研究部重要據點而存活下來的康諾一方的人士，以「惡魔的消化道」來形容第五研究部中這一類的機關。

「不過地上那些阿修羅怎麼對付？」狄念祖又來到窗邊，只見三十餘隻阿修羅與百來隻提婆並未深入建築，且沿路未受攔阻，浩浩蕩蕩地直取本部高樓。

但那些阿修羅，卻不約而同地在本部高樓正前方兩百公尺遠處一座呈圓柱狀的小型建築前停下。

那座圓柱建物約三層樓高，外觀有些像是油槽之類的倉儲設施，狄念祖這些天來，從窗戶向外看，在視野可及的範圍內，一共見到四座類似建物。

「他們怎麼了？那裡面有什麼？」狄念祖湊在窗前，向下張望，不時回頭看那液晶電視。

突然，那些阿修羅不約而同地對著那圓柱建築發動了攻勢。

奔衝至圓柱建物的阿修羅們，揮動鋼鐵般的拳頭，在那圓柱建築的外壁，擊出了一個又一個的巨大凹陷。

狄念祖居高臨下，只見那遭受攻擊的圓柱建築附近幾乎無人防守，僅有少數守軍，在本部高樓以及幾處重要建物前的防禦陣地安靜待命著，那些防禦陣地，不過僅是以沙包和重機槍架設而出的簡陋設施而已。

只見那圓柱建築，一瞬間便讓一票阿修羅拆得歪斜破爛，一隻阿修羅迸出另外四臂，六隻手扒著一處破口，仰頭怒吼，奮力撕扯，將那破口扯出了巨大裂縫，然後，迫不及待地探身鑽入那裂縫之中。

轟——

一聲重響，那鑽入圓柱建物的阿修羅，伴隨著一條粗實長影，一同飛竄而出，轟隆撞進數公尺外一間倉儲廠房裡。

「那是什麼？」狄念祖咦了一聲，望著電視分割畫面，只見那推著阿修羅竄出圓柱建物的條狀長物有汽油桶那麼粗，外觀有如蛇體，但顯得粗糙而嶙峋，乍看之下像是覆著一層鱷皮。

唰唰——

那將阿修羅砸進廠房中的條狀長物，突然抽了出來。

狄念祖這才看清楚了，那蛇狀長條物的前端又分出五條略細的條狀物，它「抓」著阿修羅。

那是一隻手。

轟——隆隆——

圓柱建物像是突然遭到了內部怪力推擠而膨脹崩裂起來。

「吼——吼吼——」隨著震耳欲聾的吼叫聲，更多「手」自那圓柱建物中竄出，將整個建物的外壁全揭了開來。

是一個三層樓高的人。

「這是什麼妖怪？」狄念祖貼著窗子，驚駭叫嚷起來。

只見那巨大人形物，說是人，實則更像電影中的突變怪物，只見那巨大怪物上半身類似人形，下半身則生著狀似象腿的粗實四足；身體兩側垂著十數條如同蛇身的長手，那些「手」伸展開來，將近二十公尺長，每隻手都生著同為蛇狀長條形的五指；胸膛以上，歪斜堆長著三顆巨大腦袋，雙肩頭也各有一顆腦袋，一共是五顆腦袋，讓這怪物的背影看來像座小山。

「破……」傑克駭然說著：「破壞神……這是破壞神級別的兵器……」

「什麼！」狄念祖訝然應答：「不是說，破壞神沒有長生基因，無法動作嗎？」

「不！破壞神不是無法動作，而是不能持續動作！」傑克說：「破壞神的肉體力量，已經超出正常生物骨肉組織能夠負荷的程度，如果沒有長生基因的加持，一下子就崩壞了——」

「所以這些破壞神等於是消耗品？」狄念祖貼在窗邊，瞪大眼睛看著底下那與三十來隻阿修羅對峙著的巨大破壞神。「他能夠支撐多久?」

「不一定!」傑克激動說著:「我們所知道關於破壞神的研究報告,都是實驗室裡的數據,差一點的,剛甦醒立刻就耗盡力氣,連站都站不起來,強壯一點的,能夠撐上兩、三個小時,但現在這隻破壞神的對手,是三十隻阿修羅呀!」

轟——

「他不是消耗品,他有名字的。」溫妮出聲補述:「這是第五研究本部的主力防禦兵器——『堡壘』。」

在溫妮說話的同時,激戰已然展開。

袁唯一方的阿修羅前仆後繼地撲向「堡壘」,堡壘則揮動十數條蛇狀長臂迎戰,只見十數條長臂忽前忽後甩動,像是巨鞭般精準地捲起那些阿修羅,或是將之擊飛。

狄念祖仔細看著液晶電視上的畫面,發現這座活體堡壘可不光是巨大,四條巨腿外側都設有輔助的機械支架,那些機械支架另有額外的動力裝置,能夠提供堡壘更充沛的移動力量;而在機械支架近腰處,甚至設有武裝平台,上頭駐守配有狙擊槍和火箭筒的武裝士兵;堡壘背後揹著巨大的箱型物,箱中有管線與後背相連,巨箱頂端同樣設有讓衛兵駐守的武裝平台。

幾名阿修羅避開了堡壘甩來的長臂，竄到了堡壘身下，將目標放在堡壘的巨型四足上，他們正要破壞堡壘的機械支架，身上便紛紛中彈。

原來堡壘身處位置，仍在那圓柱建物地基上方，圓柱建物中也有通道能夠通往有著「惡魔之腸」之稱的地下通道，有一整隊的獵鷹隊自其中殺出，擊發巨型左輪，掩護堡壘四足。

阿修羅凶性暴戾、服從性低，即便面臨著巨大強悍的敵手，也絕不後退，此時反而成了一種缺陷，三十餘隻阿修羅竟不繞過堡壘攻擊本部高樓，而是盲目圍著堡壘死命狂攻。

轟──

幾團巨大火焰，在堡壘四周炸開。

是地獄火飛彈。

兩架阿帕契出現在堡壘上空護衛，以機槍掃蕩阿修羅和百來隻提婆，那些鱷獸和三頭佛等提婆級兵器，戰意沒有阿修羅那麼狂暴，還記得己身任務，他們見堡壘堅不可破，便向四周散開，朝著本部高樓來襲。

而在各處迎接他們的，則是青背、赤腹、黃鶺等以飛禽爲名的斐家阿修羅，斐家阿修羅各自領著獵鷹隊，全副武裝，守著架有重機槍的陣地。

這百來隻提婆部隊針對幾處陣地攻打半晌，怎麼也無法攻陷敵方陣地，又屢屢遭到那些自各處建築物裡出現的獵鷹隊夜叉開槍突襲，有些提婆轉而殺入那些不起眼的建築物，便被誘入了地底的惡魔之腸，紛紛受困、遭到擊斃後，再被蟻虎分屍。

「狄念祖，你看出袁唯的部隊和我們之間最大的差別嗎？」溫妮突然問。

「你們拿槍，他們拿刀啊！」傑克搶著回答。「遠遠地就在人家身上打出一堆洞，跑到你們面前時，血都流光了，溫妮姊姊，我答對了嗎？」

「組織，是組織——」狄念祖這麼說。「這幾波攻擊殺進來的傢伙雖然又多又強，但都是隨意找對象亂打。沒有隊長帶頭、沒有細部調度，一碰上狀況，完全不能應變。」

「答對了。」溫妮說：「你現在知道，你本來提出的撤退建議，是多麼愚蠢了吧，那對我們斐家，簡直是一種污辱。」

「嗯。」狄念祖抓抓頭，說：「是我不對，我太小看你們了，但……如果袁唯眞的打起持久戰，資源不如袁家的你們，要如何反制？」

「第五研究本部囤積的食糧能讓士兵吃上三年，園區有獨立的發電設備和淨水設備，地底還造有一座小型水庫，能夠提供整個園區一個月的用水，開戰時如果進入節水狀態，甚至能夠撐上半年。」溫妮信心滿滿地說：「且袁唯根本沒有能力封鎖整個本部，我們絕對有能力突圍。」

「最重要的一點，是袁唯的空中部隊遠不如我們斐家，我們有自己的天空戰鬥團，在一些東南亞國家當中，甚至有第五研究部專屬的空軍基地。」溫妮這麼說：「斐家的精神象徵是鳳凰，翱翔天際的鳳凰，有可能被這些愚笨的野獸困住嗎？」

狄念祖連連點頭稱是，他知道溫妮對自家軍事力量懷抱著極高的自信和驕傲，不容他人貶低，一受質疑，便要找機會糾正。

嗡嗡嗡——

嗡嗡嗡——

遠處，響起了響亮的警報聲，只見遠方也有著直升機，似乎是袁唯一方派出用以觀察戰局的直升機。

只見那些圍攻堡壘的阿修羅們，聽見了遠處傳來的警報聲，紛紛嘶吼起來，有些憤恨地佇在原地，有些開始後退。

「這是撤退的命令！」狄念祖陡然大叫：「溫妮，趁現在發動攻擊，可以殺得他們片甲不留！」

「我已經下令了。」溫妮笑了笑。

只聽見一陣猶如鷹嘯長鳴的巨大聲響，自園區的擴音器傳揚開來。

數支坐守陣地的獵鷹隊，在斐家阿修羅帶頭衝鋒之下，不再誘敵游擊，而是對那些聽見了撤退號令，開始鬆動的提婆、敵方夜叉、羅剎們展開正面直擊。

數十輛架著重機槍的吉普車和裝甲車紛紛自一些拉起鐵捲門的建築中衝出，集中火力掃射竄逃的敵方夜叉和羅剎，各處建築物中探出了狙擊手的槍管，一時間槍聲大作，一發發火箭彈射進敵方密集處，熾烈的火焰將羅剎和夜叉們的斷肢殘體炸上了天。

砰——

轟——

空中同時炸開了幾團火，袁唯派出的數架直升機，被斐家阿帕契射出的響尾蛇飛彈擊中三架，餘下兩架狼狽撤退。

斐家追兵只追出園區圍牆外百來公尺，便不再追擊，僅待數架阿帕契放光了地獄火飛彈後，便井然有序地撤回園區。

園區中，搜救隊開始搶救己方傷兵，也有幾隊士兵將敵軍屍體集中到了特定處，扔入一個大型坑槽裡，那兒似乎是蟻虎巢穴的某個出入口，蜂擁而出的蟻虎，將一具具敵軍屍身拖回了巢中。

接下來的數小時內，第五研究本部不曾再遭受攻擊。

直到凌晨天際將明時，園區裡的仿日照設備，才紛紛關閉。

CH09 破壞神對決

大堂哥掬起水，潑了潑臉，取了毛巾，將臉上的水滴拭盡。

他望著鏡中的自己，發了半晌呆，抬起手來摸了摸臉頰，再摸摸下頷，下頷上的鬍碴比昨天更長了許多，但他的氣色卻不若昨天之前那樣憔悴了。

他轉身望著浴廁之外的主臥房，從這個角度向外望出，能夠見到床鋪一端上，斐霏雪白的雙腿露在棉被之外。

大堂哥輕咬著下唇，似乎一時之間，竟不能分辨此時的自己究竟是身處夢境之中，抑或是剛從夢中醒來。

他猶豫地步出浴廁，望著床上沉沉睡著的斐霏，昨晚那場美夢歷歷在目。

他本來以爲，斐霏舉手便要殺了他。

但那時斐霏竟撫摸起他的臉，且落下淚來。

那是他第一次見到斐霏哭，即便是兩、三年前，斐霏的母親過世時，斐姊都哭了，斐霏也沒哭；即便那次他迷戀上某個酒家女時，斐霏也沒哭，而是面無表情地在他面前，指揮著一批研究員，處決了那名酒家女。

但昨晚斐霏哭成了淚人兒。

斐霏落淚後的整個晚上，可讓大堂哥驚駭得無以復加——那並非出於痛苦和恐懼，而是始料未及的喜悅和幸福，令他措手不及。

好幾次大堂哥都仔細地瞪大眼睛，將眼前的女人再一次地看個清楚，那確實是他的妻子、那確實是斐霏，那個令他在無數深夜裡夢見了都會驚醒的女人，竟像是童話裡的仙女般伺候著他。

夢幻般的一夜讓他幾乎沒有多餘心思關注外頭的數場惡戰，他的腦袋全然無法思考，一直到了接近清晨時分，他望著靜靜睡在自己臂彎中的斐霏，總算才能夠漸漸地集中精神，讓頭腦活動起來。

此時，大堂哥鼓起勇氣在床邊坐下，伸手撥了撥斐霏額前的劉海，望著美麗的妻子。

「這表示……成功了？」大堂哥嚥下一口口水，心中忐忑不安，他抬起手，伸往斐霏的肩，似乎想要搖醒她，和她說說話，但他深怕一旦搖醒了斐霏，便要將昨晚至今這場漫長的美夢，一併搖醒了。

斐霏睜開了眼睛。

「啊……」大堂哥駭然向後一仰，摔在地上，驚恐地連連後退。

「你……」斐霏默默自床上坐起，面無表情地望著面色鐵青的大堂哥，說：「你這麼怕我？」

「不……我……」大堂哥搖搖頭，鼓起勇氣撐著牆壁站起，說：「我只是嚇了一跳……」

「我知道……」斐霏彆扭地以過去不曾有過的溫柔語氣說：「我的個性，並不討人喜歡，但如果……我做出改變的話，你能……重新接受我嗎？」

「嗯……嗯……」大堂哥嚥著口水，猶豫地走近斐霏，望著她的眼睛，她的面貌是那樣熟悉，但她此時的神情和話語，卻像是完完全全變成了另一個人。

這幾乎就是，當初袁唯對他的承諾——

「我有辦法，讓大嫂變成你心目中那個樣子。」

「妳……」大堂哥怯怯地來到床邊，輕輕地將斐霏摟在懷中，說：「妳別這麼說，我們……我們是夫妻啊。」

「你真的將我當成妻子嗎？」斐霏含淚望著大堂哥，她的神情彷彿喚醒了大堂哥早已遺忘的記憶，那是多年前他們初識、熱戀時，斐霏曾露出的神情。那時候的大堂哥肯定作夢都料想不到，眼前那如同玉石雕琢而出的柔順貓咪，會在婚後搖身一變成了冷酷無情的猛虎。

「當然……」大堂哥心頭激盪，忍不住將嘴巴湊上斐霏，想要親吻她，想要重溫一整晚的美夢。

叮咚——

門鈴乍響起來，大堂哥如觸電般自床上彈起，這些天他不論是如廁、洗澡還是酒醉時，都會被每一次的門鈴響嚇著，猶豫著不知該不該去應門，就怕是斐霏遭到了不測，斐姊要處決自己了。

「嗯、咳……」大堂哥吸了口氣，正不知如何反應，但見斐霏臉上的柔情消失許多，不免有些驚慌，連忙起身穿妥衣物，三步併作兩步來到玄關，揭開門。

是斐姊。

「大……大姊……」大堂哥恭恭敬敬地向斐姊鞠了個躬。

「我妹妹情形怎麼樣？」斐姊冷冷地問。

「她……」大堂哥一下子不知該作何反應，他並不知道交換人質的詳細經過，也不清楚斐霏性情上的轉變究竟是怎麼一回事。

「我很好。」斐霏遠遠地步至客廳，對著玄關的斐姊答：「外頭發生了什麼事？昨晚似乎很熱鬧？袁唯打來了？」

「是啊。」斐姊點點頭，並不理睬大堂哥，自顧自地走進客廳，望著狼藉一片的沙發和桌子，皺了皺眉，轉頭瞪了大堂哥一眼。

「我們的鳳凰基因，進度如何？」此時的斐霏臉上一點也沒有與大堂哥獨處時的柔情，而是如同以往般精明冷斂，她接連問著：「阿耆尼基因的宿主找著了嗎？昨天我聽弟弟說，我們已和袁唯全面開戰了，各地情形如何？」

「一切都相當順利。」斐姊拍了拍斐霏的手背，說：「細節我會讓人向妳報告，但我還是放心不下妳的身體情況，妳在袁唯那兒，他有沒有對你做出任何無禮的舉動？」

「我只記得，我和正男本來參加了袁燁的海洋公園裡一個什麼博物館的開幕儀式……當我再次睜開眼睛時，所見到的就是前來替我檢查身體的醫療團隊了。」斐霏苦笑：「除此之外，我知道的前因始末，就是昨天姊妳告訴我的那些事了。」

斐霏這麼說時，略瞥了大堂哥一眼，眼神中露出幾分怨懟。

大堂哥低下頭，心中七上八下，便不知斐姊究竟將他的所作所爲，向斐霏透露到什麼程度。

「本來我已替妳想好了處置他的方法，但他終究是妳的人，必須由妳來決定。」斐姊說到這裡，頓了頓，又說：「另一方面，現在我們打著聖泉第五研究部的招牌和袁唯對抗，兩個老頭子不在了，他是第五研究部名義上的領袖，如果妳打算處置他，消息絕對不能走漏出去。」

「讓我想一想。」斐霏靜默半晌，說：「我還有很多話想問他。」

「這樣最好。」斐姊點點頭，轉過身。「如果可以的話，找個時間讓正男露個面，這樣能更順利穩住第五研究部其他據點的士氣，別讓人說我們斐家鳩佔鵲巢。」

大堂哥暗暗嚥下一口口水，心想原來斐姊爲了讓第五研究部能夠打著袁氏正統的名號討伐袁唯，需要他當作活招牌，因此在轉述經過時，對斐霏有所保留，以免斐霏激憤之下殺了他。

□

「他是？」斐霏步入作戰會議室後，與前來關切的部屬們一一點頭示意，她走近角落一張桌子，望著居中指揮數名組員的狄念祖。

「他是狄國平的兒子。」斐姊說：「現在負責破解袁唯那方的電腦系統，取得包圍網的布署資料。」

「這位是大堂嫂嗎？」狄念祖在溫妮示意下，起身向斐霏打招呼，他聽說斐霏年齡與大堂哥相若，但見斐霏外貌卻像是個二十出頭的年輕女孩，本來微微詫異，但轉念一想，聖泉連破壞神、阿修羅都造得出來，讓女性外表長保青春，也不是什麼困難之事。

「狄國平？」斐霏嗯了一聲，說：「就是那個將全世界聖泉實驗室搞得天翻地覆的傢伙？」

「是啊。」斐姊說：「狄國平取得了一些重要檔案，但用密碼鎖上，現在也得靠這小子破解才行。」她這麼說時，湊近斐霏耳邊，說：「那份資料裡，應該有南極那老小子不願與人分享的東西。」

「嗯。」斐霏點點頭，說：「那麼他進度如何？」

「還算順利，每天都有進展。」一旁的溫妮補充：「他本來被袁唯先一步抓了起來，被改造成怪物，袁唯要他當奈落王，我們攻陷了那處實驗室，將他救出，如果他能完成任務，我們會讓他進入我們的資安部門，當我的助手。」

「奈落王？」斐霏不解地問：「那是什麼？」

「我還沒向妳說袁唯的計畫。」斐姊冷笑兩聲，拉著斐霏來到長桌坐下，說：「妳聽了可別笑出來……」

狄念祖見斐姊和溫妮提及他時，雖都僅是簡短一、兩句話，但都若有似無地提高了他在這兒的地位，又見到大堂哥人模人樣地跟在斐霏身後，與眾人招呼寒暄，心知斐姊應當尚未將大堂哥多了個小公主這件事說出來。如此一來，斐霏應當不會爲難月光才對。

狄念祖心中大石終於放下，指揮之間，更加得心應手，溫妮派給他四名資安部門的組員，協助他入侵敵軍電腦系統，他嘴上還咬著三明治，正打算大展身手，突然聽見好幾組人員不約而同地發出了低呼。

他抬起頭，望了那巨型螢幕牆一眼，也不禁要叫出聲，口中的三明治差點便落了下來。

六個巨大的人形傢伙，緩緩逼近第五研究本部。

他們距離第五研究本部還有數公里遠，與周邊的建築物、車輛相比，那六個傢伙，身高約莫有十二公尺至十五公尺那麼高。

他們的雙眼緊閉著，四肢被特製鐐銬固定著，各自斜躺在巨型金屬支架上，金屬支架底下也是特製的巨型車輛，那巨人躺在巨型車輛上的姿態，就如同一只正被運送的洲際飛彈。

大量的夜叉和各式生物兵器，圍繞在六輛巨型車輛前後左右，浩浩蕩蕩地往第五研究本部近逼。

車隊上空，則有數十架直升機在前開路，其中不乏戰鬥直升機，更後頭，則有著無法估計數量的鳥人部隊。

「姊，那是破壞神，對吧？袁唯眞把破壞神運來了！」斐少強興奮地叫嚷起來。

「斐姊，別讓對方到了我們家門前才喚醒破壞神。」溫妮說：「讓那些大傢伙自個兒走過來。」

「好。」斐姊點點頭，下令：「出動所有天空戰鬥團，殲滅敵人的空軍。」

溫妮也接連下達十數條指令，指揮著獵鷹隊和各個隊伍出發迎戰。

巨型螢幕牆上，立時分割出各隊伍專屬的監視器畫面。

「人家派六隻破壞神過來，這裡只有一隻『堡壘』，這樣夠嗎？」狄念祖悄聲詢問身旁的組員。

「狄……狄先生，這不在我們的負責範圍之內。」那組員怯怯地應答，還偷瞄長桌方向，一副生怕被長官聽見自己閒聊瑣事。

「我對我們家『堡壘』有信心。」另一名較年輕的組員則低聲回應。「而且我們也不只一隻破壞神。」

「小王、強尼，別讓我再聽見你們閒聊工作外的事。」溫妮在分配命令之際，突然插上這麼一句話，她的雙眼在巨型螢幕牆上來回掃視，連珠炮似地下令，接著找了個空檔又說：「狄念祖，你也一樣，請你專心在自己的任務上。」

「溫妮，我有兩件事要報告。第一，我也能夠一心多用，妳們對我的觀察顯然還不夠。」狄念祖用手撐著臉，一面盯著自己的螢幕，隨口亂下了一些無關緊要的指示，接著，他突然站了起來，大聲說：「第二，妳交代我的任務，我已經完成了。」

「什麼？」溫妮呆了呆，停止下令，望向狄念祖。

狄念祖見整個長桌的人都轉頭望向他，當中有幾個成員甚至露出不滿的神情，以為他在搗蛋，他連忙說：「斐大姊，三分鐘前，我進入了他們的系統，找到一些資料，但資料是眞是假，我不敢保證，妳們得自己判斷。」

「什麼意思？」斐姊皺起眉頭。

狄念祖將筆電螢幕轉向身旁的組員，向他使了個眼色，那組員檢視幾眼，立時捧著電腦，三步併作兩步奔到長桌那兒，遞給斐姊。

斐姊連同溫妮、斐霏等人盯向電腦，果然見到電腦中有幾份圖文資料，是第五研究本部周邊地圖，以及一些通訊文件，大都是些簡單的作戰計畫。

「哦——」斐姊來回在幾份文件中檢視，突然指著某份文件，那是幾張地圖，說：

「這是他們暫定要強徵作爲臨時實驗室的地點，跟我們原先鎖定的地方並不一樣。」

「我們原先鎖定的地點，看來只是幌子。」斐少強說：「裡面可能有埋伏，他們眞正的臨時實驗室，全都是地下室。」

「狄念祖，你剛剛說資料是眞是假，要我們自己判斷。」溫妮問：「你是指這些是假資料？」

「我不確定。」狄念祖說：「但我曾經在黑雨機構裡上過類似的當，當時他們故意在系統中放了一些破綻，引誘我入侵，讓我以爲自己成功取得了黑雨機構的保安權限，等我和朋友潛入裡頭，他們才收回權限，來個甕中捉鱉。」

「嗯……」斐姊輕輕敲著桌面，像是在思索著這些資料的眞實性，她說：「你說的沒錯，入侵是你的專長，你完成了你的任務；判斷戰情，則由我們負責……無論如何，你取得的這份資料，是有價値的。」

「我認爲接下來幾天才是關鍵。」狄念祖立時接口：「他們這個部門剛成立不久，通訊紀錄並不多，我很小心地沒有在他們電腦中留下蛛絲馬跡，我可以長期監看他們的電腦，一有動靜，我會立刻回報。不過，我誠摯建議，除了我以外，其他傢伙最好不要輕舉妄動。」狄念祖說到這裡，指了指身旁四個組員，對溫妮說：「如果打草驚蛇，之後我取得的資料，真實性會變得更加複雜……」

「好。」溫妮點點頭，說：「這個任務讓你一人負責，一有消息，直接向我回報。」

狄念祖身旁四名組員聽溫妮那樣說，立時收拾起桌上東西，四人中有人神情訝然，似乎還搞不清楚發生了什麼事；有人一臉佩服，向狄念祖豎了豎大拇指；也有人露出不服氣的神情，不滿狄念祖這兩、三個小時裡，不停對他們下達一些無關緊要的指示，卻自己默默獨力入侵，再將功勞一手攬下，最後還讓溫妮解散整個小組。

「呼——」狄念祖伸了個懶腰，一面繼續盯著電腦，盤算著如何盡量不著痕跡地開些後門，方便自己之後進入探查，一面望著巨型螢幕牆上即將開始的大戰。

只見十二架阿帕契直升機轟隆隆地升起，後頭七架大型運輸直升機也一齊出發，飛往來襲的敵軍。

對面的鳥人大軍似乎已經收到了出戰命令，忽地分成了數隊，四散繞過己方直升機隊伍，趕在前頭，加速飛來。

「他們想用人海戰術拖延我們攻擊他們的破壞神。」溫妮急急下令：「第一、第二、第三隊天空戰鬥團，全員出動，正面開路；第四隊走左翼、第五隊走右翼；第六、第七隊，全力守護阿帕契，必要時以肉身阻擋敵方飛彈。」

「對方也有能飛的阿修羅！」斐少強突然叫嚷一聲，眾人都見著巨型螢幕牆其中兩、三個畫面上的鳥人隊伍中，出現一些帶頭的大傢伙，那些傢伙紅髮紅眼、殺氣騰騰，連同肩上、脅下，共有六隻胳臂。

「哼。」斐姊冷笑一聲，和斐霏互望了一眼，說：「大家可以很快見著，我們斐家在天空作戰這塊領域，究竟領先袁唯多少了。」

「青背、赤腹、白頭、紅鳩、黃鶺，聽好，別和對方阿修羅硬打，迂迴戰術，攻擊他們的翅膀。」溫妮這麼下令。

「原來如此……」狄念祖瞪大眼睛，仔細看著螢幕牆上逐漸逼近的雙方，他見己方伯勞、黃鶺等阿修羅飛空姿態如同大鷹，袁唯那方的阿修羅，雖也長出了翅膀，且翅膀甚至更加巨大，但飛行姿態並不熟練，像是還不太會飛的幼雛。

同時，七架運輸直升機裡，竄出了護送果果時也曾出戰的大烏鴉，那些烏鴉結成了隊，緊跟在白頭、紅鳩等阿修羅之後，兵分多路，直衝飛來的鳥人大隊。

一馬當先的紅鳩，一舉手便摘下兩隻鳥人的腦袋。

下一刻，大批的黑烏鴉與鳥人彼此穿梭交戰。

激戰就此展開。

鳥人們持著電擊尖叉胡揮亂掃，命中率卻不高，黑烏鴉們則像是受過特殊的空戰訓練，且模擬交戰的對象正是這些鳥人，牠們會撲上鳥人的後背，利爪緊緊勾進鳥人後背皮肉裡，用堅硬的大喙和以及胸前那對螳螂般的鐮狀足，凶猛地攻擊鳥人的翅翼。

被黑烏鴉撲上了背心的鳥人，便像是被扣住了死穴，鳥人不停拍動的雙翅，成了黑烏鴉的屏障，鳥人手上的尖叉對於緊貼著他們後背的烏鴉也毫無用處。

受過精良訓練的黑烏鴉並不戀戰，牠們咬壞了鳥人一邊翅膀，便立刻飛離，尋找下一個目標，而那些鳥人儘管整體傷勢不重，但一旦翅膀受損，便不再具備空戰能力，他們會歪歪斜斜地墜落下地。

只見雙方交戰尚不到五分鐘，鳥人大軍開始大批、大批地墜落。

「喔，他們學得很快，也拿槍了！」狄念祖低呼一聲，他見到敵方的阿修羅也掏出了各式手槍，對準了伯勞、紅鳩等準備發射。

「射擊技術是日積月累，訓練出來的，並不是隨手拿起槍，就能上戰場了。」斐姊隨口回應，儘管她一向對部屬的秩序有著嚴格的規範和要求，但此時或許是將狄念祖當成了賓客，有意在外人面前展示己方戰技，便也不太介意他的多言。

「對啊，又不是拍電影，人人拿把槍都能當神槍手。」斐少強附和。

那一口氣掏出數把手槍的阿修羅，將六柄槍全對準了迎面而來的伯勞，猛扣扳機。只見伯勞猛地收闔翅膀，讓身子迅速下墜了數十公尺，避過敵方阿修羅的子彈，然後斜斜地加速拔升，也抽出腰間佩槍，是巨型左輪。

敵方阿修羅並不停手，繼續開槍，突然啪啪幾聲，六柄槍中，有四柄槍突然崩裂，竟是阿修羅手勁太大，且並未受過正規的射擊訓練，凶性一起，將槍都捏裂了。

「吼？」那阿修羅尚未反應過來，張揚的雙翅已然中彈，怪叫幾聲，身子猛烈搖晃起來，他猛力撲拍雙翅，試著穩住身子，四處張望，卻見不著伯勞，只聽後方鳥人部隊一片驚呼，急急轉頭，伯勞已竄到了他背後，巨型左輪對準了他腦袋，幾聲槍響，眼前便什麼也看不見了。

「殺——」伯勞擊墜了一隻阿修羅，雙眼閃現紫光，殺氣奔騰，揚起另外四臂，抽出四柄戰刀，衝入鳥人大隊裡，猶如一頭殺入了幼犬堆中的雄獅般萬夫莫敵，那些鳥人不是被戰刀斬死，就是被左輪擊斃。

儘管兩邊都是阿修羅級別的兵器，若在平地交戰，實力相近，但飛上了天空，袁唯一方的阿修羅既不擅飛空、也不擅槍戰，碰上了斐家這批以飛禽爲名的空戰阿修羅，高下立判。

紅鳩、黃鶺、青背、赤腹也迅速將與他們對上陣的敵方阿修羅擊墜落地。

倏——

倏倏——

幾枚飛彈遠遠射來，那是袁唯那方的戰鬥直升機射向斐家阿帕契的飛彈——轟轟轟！

幾枚飛彈全被伯勞等開槍擊爆，伯勞等不但負責開路，也負責保護己方的阿帕契。

袁唯一方的直升機僅發射了第一批飛彈，便不再繼續射擊，黑烏鴉們攀上了那些直升機的駕駛座艙外罩，啄破窗子，直接攻擊裡頭的飛行員。

鳥人們奮勇護衛，但黑烏鴉體型僅有老鷹大小，攀在螺旋槳下方，那些鳥人持著電擊尖叉刺得歪了，反而毀壞了己方直升機的螺旋槳，有數架直升機便因此墜落在道路或是樓房上，炸出熾烈的火球。

倏倏——

倏倏——

又是數枚劃開長空的飛彈，這次是斐家阿帕契射來的響尾蛇飛彈，準確擊中了袁唯一方幾架武裝直升機，將附近的鳥人和黑烏鴉一併捲入火海之中。

雙方激烈的空戰在十餘分鐘裡，便明顯分出了優劣，袁唯一方的鳥人四處飛竄游擊，全然無法逼近斐家的阿帕契，數十架直升機紛紛墜毀，有些甚至落入底下緩緩推進的夜叉團中。

「天空戰鬥團，清除障礙。」溫妮下令。「所有阿帕契，對準破壞神，發射地獄火。」

又是一片飛嘯巨響，十餘枚地獄火飛彈同時射出，在三具尚未甦醒的破壞神龐大身軀上，炸出了熊熊火團。

底下的進軍隊伍被這陣飛彈炸擊，轟得亂了陣腳，有些隊伍停了下來，有些繼續推進。

「射光飛彈的阿帕契，立刻回來補充彈藥。」溫妮下令：「烏鴉隊，負責接續阿帕契的攻擊，集中攻擊破壞神的眼睛！」

兩小隊共數十隻的黑烏鴉立刻轉向，牠們收閤起翅膀，讓身子伸展得像是飛彈一般，朝著底下的破壞神飛衝而去。

一些夜叉團躍上了破壞神的軀體，試著防禦那些黑烏鴉，他們張開雙手，伸出銳利如刀的尖甲，斬死一隻又一隻黑烏鴉，但更多黑烏鴉穿過了夜叉團的防線，落在破壞神身上，以大喙和鐮狀足箝剪破壞神的皮肉，攻擊的地方，多是身體要害。

有隻黑烏鴉直直墜在破壞神臉上，墜勢凶猛，整個前半邊身子，都砸進了破壞神眼窩之中。

「不行了！得讓這些破壞神醒來，否則對方的飛彈又要炸來了！」負責載運這些破壞神的研究員們騷動起來，眼見返回研究本部的斐家阿帕契，再一次地飛來，只得急急停下車隊，操作起破壞神身下的大型儀器。

六具破壞神手腳上的巨大鐐銬，緩緩鬆開，數張儀器面板上的指示燈全都亮起，刺耳的警報聲同時響起。

破壞神的眼睛睜開了。

一波地獄火飛彈再次射來。

最前頭那具破壞神連同附近街道、夜叉團等，全被捲入了火海之中。

第三、第四具破壞神，緩緩坐了起來。

「拉高距離，不要低飛！」溫妮見己方有兩架阿帕契過於深入敵陣，被袁唯的士兵用火箭筒擊落，便急急出聲提醒，武裝直升機專剋戰車等地面車輛，但一旦離地太近，也易被單兵以火箭筒擊落。「那些破壞神有三、四層樓高，不必低飛，遠遠射擊他們的眼睛——」

第五、六隻破壞神扶著街道兩側的樓房，站了起來。第五研究部附近的住民，似乎早收到開戰通知，大都已經撤離，也有少數死守家園的居民，見到成山成海的生物兵器在大街上開戰，可嚇得魂飛魄散。

最前頭兩具破壞神似乎受損嚴重，第一號破壞神的載具儀器在第一批地獄火飛彈的襲擊下便已損壞，那第一號破壞神，尚未甦醒便給燒成一片漆黑；第二號破壞神雖然漸漸甦醒，但他身下的載具也受到了一定程度的破壞，手腳上的鐐銬並未完全解開，使他困在毀壞的巨大車輛上；第三號破壞神捏出了撞進右眼中的黑烏鴉屍身，吼叫地撐身站起。

四隻開始行動的破壞神，紛紛自原本他們身下那巨大金屬面板的凹槽處，取出一把巨劍，那巨劍顯然是爲這批破壞神量身打造，劍刃有六公尺長、四十公分寬，厚度也近十五公分。

「姊，妳們看！袁唯的破壞神拿寶劍耶──」斐少強指著螢幕牆大笑起來。

甦醒的破壞神邁開大步，朝第五研究本部走來，他們的動作並不太快，但步伐極大，每一步都有七、八公尺遠，這使得袁唯這支大軍的推進速度一下子快上許多，前方的先鋒夜叉團，甚至已經攻到了研究本部高牆外，與在高牆外建立起防線的獵鷹隊展開大戰。

「伏擊一隊、二隊，集中火力，射擊破壞神的膝蓋──」溫妮在那四隻破壞神接近一處七層高的樓房時，突然下令。

那樓房的三樓、四樓、五樓數面窗子，伸出了火箭筒和狙擊槍。

七、八枚火箭同時射出，其中一枚火箭，正中三號破壞神的左膝。

三號破壞神痛苦地摀著膝蓋，蹲了下來，但旋即又站起，憤怒地揮動大劍，轟隆一聲，劈進樓房五樓裡。

「威力好強——」作戰會議室裡，可有不少人被這一記驚天動地的劈砍嚇著，只見破壞神那一劍，幾乎要將整棟樓房給斬開。

但更讓狄念祖驚訝的，是三樓和四樓窗子，再次射出數枚火箭，接連擊中破壞神的膝蓋。

儘管巨大神兵已攻到了面前，藏身的樓房幾乎崩塌，但斐家士兵仍然死守崗位，強悍還擊。

「吼——」那破壞神怪吼一聲，再次摀著膝蓋倒下，這次他掙扎了好半晌，才終於重新站起，一手按著樓房，試著拔出大劍，樓房中僅零星射出火箭和彈藥，是外頭護衛破壞神的夜叉已攻入其中，誅殺伏兵。

袁唯大軍繼續推進，二十分鐘後，四隻破壞神已來到第五研究本部外的大片空地，準備全面進攻。

「外圍防線可以撤了，讓那些夜叉攻進來；準備啓動外圍陷阱。」溫妮接連下令。

「所有堡壘待命，連同獵鷹隊，守住所有要道。」

狄念祖盯著螢幕，只見本部園區內另外三座圓柱建築紛紛揭開，裡頭是三隻破壞神級別的防禦型兵器「堡壘」。

每隻堡壘身上都配備著專屬的士兵和武器，底下有獵鷹隊和武裝車輛協防。

同時，園區外頭的破壞神舉起大劍，開始前進，空中數隊天空戰鬥團已漸漸清光了敵方的鳥人，大批黑烏鴉在幾名飛空阿修羅的指揮下，開始對破壞神展開騷擾作戰，那些黑烏鴉三五成群，輪流飛至破壞神面前，試圖攻擊敵人的眼睛，與那負責護衛的鳥人們展開游擊作戰。

轟隆一聲巨響，四號破壞神倒下了，他右腳踩進了一處軟坑。

密密麻麻的蟻虎自軟坑中擁了出來。

「對啊，還有這招！」狄念祖再次忍不住驚呼。

只見那些蟻虎瘋狂啃噬起破壞神的右腿，咬得那四號破壞神憤怒狂嚎，好不容易將右腿自那軟坑中抽出，跨了兩步，又踩進另一處軟坑，這些軟坑是成千上萬的蟻虎以巨鉗般的口器在地底掘出的坑洞，表面載重經過計算，能夠承受夜叉和人類士兵的奔踏，但被數層樓高的破壞神踩中，便會向下崩塌數公尺深。

「哇！」狄念祖再次驚呼，他見到蟻虎之中，出現了體型較其他蟻虎巨大數倍的蟻虎，似乎是蟻虎之中的兵蟻，這些兵蟻的頭部比一般蟻虎大上數倍，那猶如專門用來拆卸建築鋼骨機械油壓鉗狀的口器，足足有二、三十公分長，其破壞力，自然更勝尋常蟻虎。

四隻破壞神踩過一處又一處的軟坑，奮力前進，儘管破壞神的肉體強度更勝於阿修羅，但在這些蟻虎蠶食之下，雙腳逐漸被啃得血肉模糊。

那膝蓋捱了數枚火箭的三號破壞神再一次倒下，他憤怒吼叫著，手上的巨劍早已落在遠處。他撐著身子，卻無法再站起，腳踝筋骨已被蟻虎啃傷了。

「這些破壞神，根本不能算是兵器，只是長得比較高大的小混混啊……」狄念祖搖頭說著。

袁唯派出的這六隻破壞神全為人形，持大劍、穿披風，猶如神話中守護神殿的武士，但雙足受到了一定程度的攻擊，便無法承受龐大的體重而動彈不得。相較之下，第五研究本部的堡壘，不但有著四條巨型重足，且還有輔助支撐的合金支架，且配備專屬的護衛士兵，功能明確而顯著。

重新裝彈的阿帕契，再次來到了四隻破壞神的上空，瞄準尚未倒下的破壞神射出地獄火飛彈。

六號破壞神，臉孔正面被一枚地獄火擊中，身子向後一仰，轟然倒地。

五號破壞神，被紅鳩、伯勞和黃鶺圍攻，雙眼中彈，無法視物，搖晃半晌，也終於倒下。

四號破壞神，踩過三號破壞神的背脊，跨過高牆，終於攻入第五研究本部園區內。迎接他的，是同爲破壞神級別兵器的堡壘。

那四號破壞神身邊的夜叉團呼嘯著搶在前頭攻來，被堡壘前方士兵建立的重機槍一陣掃射，夜叉沒有痛覺，絕不後退，但重機槍防線裡還有斐家獵鷹隊鎮守，獵鷹隊一手持著巨型左輪，一手拔出戰刀，與殺來的敵方夜叉展開激戰。

袁唯一方的夜叉數量雖多，但作戰方式無比單調，只有雙手那十柄刀刃般的利甲；

而以堡壘為主體的守禦陣地裡，配備重機槍和火箭筒的士兵對準了來襲的夜叉進行遠程攻擊；負責近戰的獵鷹隊，攔下了突破火網的夜叉；最後由堡壘身上十數條長達二十公尺的長手，如同巨鞭般將一隻隻殺到面前的夜叉給打飛。

四號破壞神一拐一拐地前進，奮力地舉起大劍，準備向堡壘衝來，但一陣槍響，他頭頂上護衛的鳥人紛紛中槍摔落，數隻飛空阿修羅圍住了四號破壞神，朝他的腦袋集中開火。

接著是數十隻黑烏鴉，飛到了四號破壞神臉上，啄食起他的眼睛。

「吼——」四號破壞神狂吼一聲，拋下了雙手握著的巨劍，試圖將臉上的黑烏鴉驅走。

「堡壘二隊，進攻。」溫妮突然下令。「讓袁唯瞧瞧，『軍事兵器』跟大一號的馬戲團小丑之間的差別。」

「嗷嗷——」堡壘胸膛上那些腦袋，紛紛也張開了口，發出了怪異的長鳴聲，底下的士兵們立即將重機槍搬移，負責護衛的武裝車輛開始向前，獵鷹隊也一馬當先地開路。

拋下大劍的四號破壞神，儘管力大無窮，但雙足受傷，移動緩慢，僅能瘋狂搥打身邊的建築物出氣，或是撿拾起散落的磚石拋砸在他身邊飛繞的紅鳩等斐家阿修羅。

堡壘來到了四號破壞神前，數條長手掃出，重重打在四號破壞神臉上，將他搧倒在地，四號破壞神吼叫著，奮力躍起，大步一跨，撲向堡壘，揪著了堡壘兩條長手，一聲怒吼，將堡壘一條長手硬生生扯斷。

堡壘胸上數顆腦袋同時發出了痛苦的喊叫，其餘十數條長手一齊捲來，架住了四號破壞神雙肩和雙臂。

黃鸝、赤腹等數隻斐家阿修羅落在四號破壞神胸口和臉旁，抽出戰刀，對準了四號阿修羅的雙眼、咽喉、太陽穴、腦門等要害展開猛攻。

狄念祖撇開了頭，不忍細看，只聽得一聲巨響，重看螢幕時，只見那四號破壞神終於倒下，面目全非，已然死去。

CH10 辣椒炒苦瓜

日落時分，大堂哥端著高腳酒杯站在窗邊，愣愣地望著屍橫遍野的第五研究本部園區內外。

一隊隊的士兵忙碌地清理著遍地屍骸，大多是敵方的夜叉和羅剎。

六隻破壞神相繼死去之後，戰鬥依舊持續了數小時，袁唯一方的夜叉和白日羅剎死戰不退，直到被盡數殲滅。

六具巨大的破壞神屍骸，被堆放在園區前方的空地，溫妮估計蟻虎至少要花上兩天兩夜，才能將這六具破壞神的屍體分解完畢；這些天來陣亡的屍骸，全成了蟻虎的食物。斐姊指派了一組人員，在地底的蟻虎巢穴中規劃幾處新的人工蟻后室，準備將蟻虎窩的範圍，從第五研究本部園區向外擴大數倍。

「之前我一直不知道，原來我們第五研究部的戰力這麼強……」大堂哥神情茫然，像是思索著許多事。

「這是當然的。」斐霏坐在一旁，淡淡地說：「袁唯不懂軍事，雖然他掌握的資源遠多過我們，也生產出更多的破壞神，但他們的破壞神純粹只有肉體力量，達到了破壞神級別，作戰時的功能性卻與投入的資源不成正比，那些大傢伙全身上下都有弱點，別說對上我們的堡壘了，出動一隊人類士兵不停游擊騷擾，就能耗盡大傢伙的體力，讓他力竭而死了。」

「如果這場戰事持續下去……」大堂哥喃喃說著：「我們第五研究部，豈不吃下整個聖泉了……」

「必然如此。」斐霏這麼說：「我們滅了袁唯，取得聖泉主導權，只是時間早晚的問題。」

「到時候……到時候……」大堂哥低聲自語，心中想著，卻是那晚與袁唯私會長談的片段內容——

這是我手下一個小組開發出來的最新技術，這項技術領先世上所有部門，比阿燁手下那批人更加強大。

事成之後，嫂子將會對你言聽計從。你說一，她絕不說二；要她跪，她絕不站著；你要她死，她立刻自盡。

儘管她不願意，也必須照做——

「咳咳……」大堂哥輕咬著下唇，像是在猶豫該用什麼方法，測試斐霏是否眞的接受了袁唯那洗腦小組的改造。

「斐霏，妳能不能……能不能……」大堂哥遲疑地問。

「能不能什麼？」斐霏不解地問。

「嗯……」大堂哥思索半晌，指了指桌上那瓶紅酒。「那酒味道很好，妳嚐嚐看。」

「正男。」斐霏皺起眉頭，說：「我不喝酒，我以爲你記得的。」

「對……對不起！」大堂哥身子一震，失望地低下頭。「我忘了！」

「如果可以的話……」斐霏說：「我希望你收回這句話。」

「好！我收回、我收回，是我不好……」大堂哥連聲賠不是，突然愣了愣，他見到斐霏的手已伸至酒瓶旁，他連聲「收回」之後，她才將手緩緩放下。

「……」大堂哥默默走至桌邊，在斐霏身旁坐下，嚥了幾口口水，再次試探地說：「我只是以爲妳會喜歡，這酒眞的不錯，我只是希望妳能陪我共飲……」

「正男……」斐霏深吸了口氣，蹙眉瞪著大堂哥。

「斐霏！一口、一口就好！不喜歡的話，吐出來沒關係！」大堂哥鼓足了勇氣，將酒杯遞給斐霏，連聲哀求著。「眞的，求求妳，一口就好。」

斐霏露出爲難的神情，雙手發顫，捧著酒杯，輕輕含了口酒，緩緩地嚥下，這才將酒杯放下，好半晌才說：「比我想像中好些。」

「是啊，這是名酒……」大堂哥見從不喝酒的斐霏，眞的嚐了口酒，看來袁唯對他的承諾似乎成眞，但他轉念一想，自己這樣哀求，且只是小嚐一口，即便斐霏沒有受到洗腦，或許也會勉強照辦，他不語半晌，盯著酒杯。

「妳不說話看著窗外的樣子好美……」大堂哥突然這麼說：「妳能不能一句話都不說，繼續看著窗外，讓我仔細看著妳的側臉？」

「嗯？」斐霏像是不明白大堂哥的意思，但她仍然點了點頭，撇過頭，望向窗外，一句話也不說。

大堂哥便這樣，默默地喝著紅酒，望著斐霏。

時間一點一滴地過去，斐霏漸漸露出了不悅的神情，口唇動了動，像是有話想說，但都忍了下來。

「好美……」大堂哥一口喝盡杯中紅酒，長長吁了口氣，心中激盪不已，他覺得心中的企盼似乎要成眞了，他又倒了一杯七分滿的紅酒。

「正男……」斐霏終於忍不住開口。

「不要說話。」大堂哥突然這麼說，話甫出口，見到斐霏露出了怒容，不禁又驚又懼，但見斐霏眞的不再說話，心中的驚懼逐漸轉爲狂喜，他覺得自己的心臟撲通通地越跳越快。

「妳是不是坐得有些難受？」大堂哥柔聲問。「別說話，點頭或者搖頭。」

斐霏點了點頭。

「妳笑的樣子好美。」大堂哥喝下了半瓶紅酒，有些微醺，要求也大膽起來。「我不想看見妳生氣或是愁眉苦臉，我想看見妳笑，笑給我看。」

斐霏笑了，儘管有些僵硬，她的身子微微顫抖著，維持同樣的姿勢，一動也不動地坐了四十分鐘以上。

「妳好棒……」大堂哥放下酒杯，自斐霏身後摟著了她，在她耳旁輕聲說著：「以後我說什麼，妳都要照做，知道嗎？」

斐霏點了點頭。

「我說的任何話，妳要立刻照做，完全不能猶豫、不要討價還價，知道嗎？」大堂哥此時的要求，不再是模稜兩可的請求，而是明確的命令。

斐霏僵硬微笑，神情有些爲難，但仍點了點頭。

「有外人在的時候，妳可以像以前一樣說話，但只有我們兩人時，妳對我說話，要輕聲細語。」

斐霏點了點頭。

「妳可以說話了。」

「正男……」斐霏長長吁了口氣，說：「我坐得有點難受，想起來動一動。」

「好。」大堂哥壓抑著滿腹狂喜，補充說：「不但說話輕聲細語，也絕不可以傷害我，知道嗎？不管在我睡覺時，還是在我對妳提出一些……令妳爲難的要求時，妳完全不能傷害我，知道嗎？」

「正男，我不會傷害你。」斐霏緩緩站起身，苦笑著說：「你是我的丈夫……」

「我想要變得比現在更強大。」大堂哥說：「我也想要擁有力量，妳幫助我。」

「……」斐霏呆了呆，隨即點頭。「好。」

「太棒了，我的妻子。」大堂哥來到音響設備前，放了首樂曲，接著走回斐霏身旁，扶著她的腰，緩緩舞著，不時吻著她的頸和臉頰，腦袋裡卻是千頭萬緒，他知道這是萬載難逢的機會，但無論如何，他得謹慎行事，多年來斐霏和斐姊對他的高壓統治，讓他習慣謹言慎行，他得更加仔細地測試斐霏對某些超乎常情的命令的服從性，才能夠進行下一步計畫。

此時的斐霏，雖仍遵照大堂哥的命令維持著笑容，但此時的笑容自然許多，她溫順地倚在大堂哥懷中，像是也陶醉在早已遺忘許久的喜悅之中。

□

四天過去了。

這四天以來，袁唯的部隊不再進犯第五研究本部，只是持續建構外圍的包圍網，斐姊也不急著突圍，她將重心放在將阿耆尼基因與鳳凰基因的結合工程上。

大堂哥坐在客廳的嶄新沙發上，捲起袖子，他的上臂有處一公分大小的圓形疤痕。

那是注射一種能夠改良體質的藥物之後所留下的痕跡，這四天來，大堂哥已接受了七次注射。

這四天來，他花了許多時間，在測試斐霏的執行力。

合理的、不合理的、超乎常人忍受範圍的測試。

斐霏都一一服從了。

有時大堂哥見到斐霏在執行他下達的某些特殊要求時，眼神中流露出爲難和痛苦，會隱隱覺得愧疚，但那淡淡的內疚感，隨即便被興奮沖散了。他覺得比起這些年斐霏帶給他的恐懼和壓迫，這種程度的測試並不算什麼，更重要的是，他第一次感到自己離實質且巨大的權位如此之近，他稍稍明白了袁唯在談吐間流露出那種普天之下唯我獨尊的陶醉神情，背後所代表的意義了。

若是大堂哥早些天碰著這樣的斐霏，他必然要鼓吹斐霏替他除去斐姊，儘快向袁唯投誠，但前幾場戰役下來，讓他不禁猶豫起來，第五研究部的戰力超乎他想像之外，似乎眞能推翻袁唯、呑下整個聖泉。

但他一時之間，就是無法鼓起站在第一線與袁唯攤牌開戰的勇氣，他覺得必須維持一貫的謹愼。

最起碼，他目前的第一步，是自斐姊手中奪下第五研究部的實質領導權。

叮咚幾聲，門鈴響起。

他走至玄關，開門。

是斐姊和斐少強。

「姊夫好。」斐少強嘻嘻笑著說：「這麼好，親自下廚招待我們？」

「是斐霏的意思。」大堂哥招呼他倆進門，領著他們往廚房走，一面說：「大部分的菜都是斐霏做的，我手藝差，不好意思獻醜。」

「斐霏說，你想在自己身上進行阿耆尼基因轉殖工程？」斐姊隨著大堂哥來到餐廳，挑了個位置坐下，問。

「我……」大堂哥抓著頭，說：「我也想擁有力量，我也想……爲第五研究部，出一份力……」

「爲第五研究部，出一份力？」斐姊像是聽見了好笑的笑話般笑了出來，冷冷地說：「憑你？」

大堂哥低下頭，默默不語。

「姊。」斐霏端著一盤菜，步出廚房，擺在桌上，在斐姊面前坐下。

「哇，好久沒吃姊做的菜了！」斐少強忍不住拿起筷子，挾起菜餚大啖起來，讚不絕口地說：「我們研究部的廚師，應該向二姊學學廚藝，否則這餐之後，又要等上好幾年才能吃到同樣的味道了。」

「父親死後，妳不曾做過菜了。」斐姊也挾了些菜，放入口中，細細品味。「妳做的菜，味道和母親一模一樣。」

「爸爸以前對我們的管教太嚴厲了，那時我心裡氣他，他要我每天做飯，他過世後，我當然不做了……」斐霏嘆了口氣。「但這一次，我死裡逃生，夢裡時常夢見以前我們一家人吃晚餐的情景，在夢裡，連味道都吃得出來，便試著做做看了。」

「是啊……」斐少強點點頭說：「老爸以前眞的很凶，我很怕他。」

「你出生後，他脾氣已經改很多了。」斐姊望著小了她二十來歲的斐少強。「我和你二姊小時候的日子，你應該熬不過。」

「嗯，哥和我說過。」斐少強吐了吐舌頭，扒起飯來，望著桌上那道辣椒炒苦瓜，突地嚷嚷起來：「什麼啊，連這道菜都有，二姊，妳不是最討厭這道菜嗎？」

只見那盤辣椒炒苦瓜，整道菜是除了少量的蔥、蒜調味之外，便是滿滿切成段狀的辣椒和苦瓜，再無其他材料，辣椒極辣、苦瓜極苦。

「是啊，你曾經吃下一整盤，想起那滋味了嗎？」斐霏笑著說。

這道菜，是以前他們父親用來懲罰孩子的工具之一，誰犯的錯多，誰便吃多些。

「你哥哥曾一餐吃下三盤，那次他打破了爸爸的一只花瓶。」斐姊望著那辣椒炒苦瓜，也不禁笑了出來，挾起一片苦瓜，放入口中，細細品味。「當時媽媽是一邊哭著一邊炒出那三盤辣椒苦瓜的，這是你出生前的事。」

「嗯……」斐少強嘖嘖幾聲，見兩個姊姊都挾了苦瓜吃，便也挾了一塊，皺眉吃下，嚼了半晌，疑惑地說：「是我記錯了嗎？怎麼覺得這盤辣椒苦瓜，比以前好吃許多？」

「沒辦法。」斐霏笑著說：「我手邊的辣椒，沒有以前父親種的辣椒辣，苦瓜也沒以前的苦，我記得，那時炒這道菜，用的是家裡種的辣椒，苦瓜也是故意挑最苦的。」

「父親酷愛吃辣，那是父親特別栽培的辣椒。」斐姊一口吃下數片苦瓜，說：「那種辣椒另一個用途，是提供給一些情治單位，刑求人犯用的。在緬甸，父親有一整片辣椒園，老家那幾盆，是父親種著玩的，能隨時親手改良品種，因此我們總是比那些人犯，更早一步品嚐到每次改良後的成果。」

「原來如此……」斐少強聽得嘖嘖稱奇。

大堂哥則始終默默扒著飯，偶爾才挾些菜吃，斐姊和斐少強也不以爲意，以往只要斐家聚會，大堂哥總是如此，他在飯桌上幾乎沒有什麼發言權，倘若他講了不得體的話，斐姊和斐霏是會厲聲斥責的。

「正男剛剛說，他想將阿耆尼基因轉殖在自己身上。」斐姊突然這麼說：「他既然對我說，應當已和妳商量過了。」

「嗯。」斐霏點點頭。「以前大家坐辦公桌，沒人介意誰的身體強、誰的身體弱，現在開戰了，就連我們斐家自己人，也是輪著上戰場，正男若是太過孱弱，我也顏面無光……」

「這倒是……」斐少強和斐姊互望一眼，明白她的意思，所有人都心知肚明，斐家的直屬部下，沒人瞧得起大堂哥，便連他們自己也將大堂哥看得極低，但不論如何，大堂哥終究是斐霏的丈夫，人人都瞧不起大堂哥，即便大家嘴上不講，但自尊心極高的斐霏，又如何受得了眾人目光。

以斐家姊妹的脾性，就算是養條狗，也想要這狗能仗著主人的威勢囂張跋扈，而不是人人都能踢上幾腳。

「好，我來安排。」斐姊點點頭。

「妳不用操心，我已安排好實驗室，明天一早，就對正男進行轉殖工程。」斐霏淡淡地說。「姊，我不在的這些日子，辛苦妳了。」

「這什麼話？」斐姊只覺得斐霏語氣與以往有些不同，又見大堂哥低著頭，神色陰晴不定，心中有些疑惑，便問：「妳說妳已安排好了，但我沒收到任何消息。」

「我是直接對我的人吩咐的。」斐霏說了幾個親近部屬的名字。「我沒讓她們通知妳，我不想妳額外操心。」

大堂哥是第五研究部名義上最高負責人，斐霏是大堂哥的妻子，在第五研究部中，位階比斐姊更高，即便在斐家內部，斐霏的地位也與斐姊相若，因此斐霏做出的任何決定，對底下部屬而言，其權威性不下於斐姊。

但斐霏極少在未和斐姊商量的情形下發出指示。

這讓斐姊感到有些詫異，她說：「阿耆尼基因單獨轉殖在人體上，作用並不太大，必須配合其他肉體強化基因，才能發揮最大的效用。」

「是啊。」斐少強說：「阿耆尼基因是輔助我們家的鳳凰基因，姊夫不是斐家人，他的身體沒辦法接受鳳凰基因，有了阿耆尼，也沒太大用處。」

「這我知道。」斐霏說：「我挑選了數種能夠與阿耆尼基因互相配合的強化基因，力量當然比不上我們的鳳凰，但只要讓正男偶爾也能出面帶隊威風一下，我臉上也比較好看。」

「嗯。」斐姊對於妹妹擅自決定，心中雖有些疙瘩，但這終究也不算什麼大事，大堂哥不論進行怎樣的改造，也不可能獲得比鳳凰基因更大的力量，對她全無威脅。斐姊便也只是點點頭，不再說些什麼，繼續吃起菜，對斐霏講起當前情勢，偶爾夾雜些以往母親尚在時的家人回憶，斐少強則嘿嘿笑著打電話調侃鎮守奈落的哥哥斐漢隆，笑他無緣品嚐斐霏親手做的一桌好菜。

「弟弟，你別擔心這裡，我們的研究本部固若金湯，你是知道的。」斐霏與斐漢隆說了幾句，便將電話交還給弟弟斐少強，讓斐少強繼續像個說書人般向斐漢隆講述先前那場驚天動地，卻又有些滑稽的破壞神之戰。

「好啦，不聊了啦！」斐少強嘿嘿笑著來到廁所，用肩頭和臉頰挾著手機，撒了泡尿，洗了洗手，才結束與斐漢隆的電話。

他回到餐廳前，只見斐姊伏在桌上，斐霏則在一旁，輕輕拍著斐姊的背，大堂哥則端著水盆和毛巾忙進忙出。

「大姊怎麼回事？」斐少強啊了一聲，急急跑到斐姊身旁。

「她太累了。」斐霏說，一面拉著斐少強。「替她捏捏肩膀，我立刻找人來。」

「什麼……」斐少強還不明所以，胡亂替斐姊搥了搥背，突然從玻璃櫥櫃的倒影見到本來轉身要打電話找人的斐霏，持著一柄槍形器械，對準了他的後心。

「二姊！」斐少強驚駭之餘，猛然閃開。

斐少強體內的鳳凰基因是高速型態，讓他擁有絕佳的反射神經和速度，他在意識到必須閃開的同時，身子便已做出了反應。

斐霏似乎已扣下了扳機，那柄槍形器械的槍口伸出兩支銳針，分別噴出了透明無色及淡黃色兩種水霧——超強效的麻醉液和能夠極速抑制鳳凰基因的特殊藥液——斐家除了在自己身上轉殖只有流著斐家血脈的鳳凰基因之外，也另外以基因複製技術打造了一批流有斐家血脈的特殊部隊，這支特殊部隊，便是將來量產鳳凰基因破壞神的專屬肉體，而這種能夠抑制鳳凰基因效用的特殊藥液，便是特別針對將來可能出現的失控實驗品而製造出的反制藥液。

「妳對大姊做了什麼？」斐少強駭然問著斐霏。

「她太累了。」斐霏苦笑著說：「乖，少強，你也睡一會兒，讓二姊接手一段時間。」

「什麼！」斐少強儘管身懷鳳凰基因，但他終究是個少年，突然面臨這種劇變，一時間應變不及，只能大聲叫嚷、奔躍，躲著斐霏，什麼話都說不出來。他見到大堂哥躲得遠遠地向他望來，一下子有所領悟，尖聲叫起：「袁正男，一定是你……啊呀，是袁唯！二姊，妳眞被洗腦了！」

斐少強想到這點時，憤怒繞過斐霏，衝向躲在角落的大堂哥。

但他只覺得腳步虛滑，速度似乎沒有正常時那樣快。

斐霏一把抓住了他的胳臂。

斐霏體內的鳳凰基因，也是高速型態。

比斐少強更快。

「二姊……妳……苦瓜……」斐少強轉頭，見到冷若冰霜的斐霏，不禁打了個冷顫。

苦瓜裡也摻入了能夠抑制鳳凰基因的藥物，效用較爲緩慢，斐霏則事先服用了抵禦這種藥物的專屬藥物。

她將那藥液槍對準了斐少強的後頸。

「二姊，爲什麼？」斐少強哀叫問著。

「我是爲了你們好。」斐霏嘆了口氣，扣下扳機。

斐少強瞬間便失去了知覺。

一片寂靜，大堂哥似乎能夠聽見自己猛烈跳動的心跳，他長長吁了口氣，緩緩地走到斐少強身邊，蹲下，輕輕拍了拍斐少強的肩，望著斐霏。「藥效能夠維持多久？」

「八小時後，他們會醒來，十二小時後，力量會完全恢復，如果要使他們長期沉睡，按照標準，大約六至七小時就要注射一次。」斐霏這麼說，這些藥物和藥液槍，是她這些天視察本部實驗室，聽從人員解說研究進度時，順手藏起來的。在這地方，她等於是主人，要在身上藏些東西，實驗室的人員自然無法提防，即便之後清點發現數量有異，也絕不可能懷疑到斐霏身上。

「好，六小時就替他們打一針。」大堂哥這麼說。

「正男……」斐霏望著大堂哥，又露出了為難的神情。「這種藥物，是短時間控制失控的鳳凰基因實驗品，如果要長時間使大姊和弟弟沉睡，必須用其他方法……否則他們的身體會受到傷害……」

「……」大堂哥雖有些不悅斐霏沒有完全服從，但他不能百分之百確定即使在親人受害的情形下，她還會完全服從他的命令，因此他這些天來，向斐霏提出這個計畫時，總是對她說：「妳放心，我絕對沒有傷害他們的意思。」、「只是讓他們休息一陣子。」、「等我擊敗袁唯之後，讓大家安心享清福。」

此時大堂哥便也順著斐霏的意，改口說：「妳放心，這只是這幾天裡的權宜之計，妳儘快安排信得過的手下，讓他們長期入眠。」

「好。」斐霏點點頭，將斐姊和斐少強抬到一間客房安置。

大堂哥怯怯地站在門外，望著床上沉沉入睡的斐姊和斐少強，心中忐忑不安，他知道要是斐姊現在醒了，會一巴掌打碎他的腦袋。

這個計畫，是大堂哥仿照袁唯對付袁安平所設計出來的計畫，第五研究部在先前本便另有與袁唯合作共同對付袁安平的手段，且這方法正是由斐姊獻策，用同樣的話術遊說袁唯，誰知道袁唯野心遠遠超過常人想像，一不做二不休，連斐霏和第五研究部的兩位老人一起設計進去，甚至於最後，這樣的手段竟被斐姊一向瞧不起的大堂哥袁正男有樣學樣地用在了自己身上。

大堂哥轉身回到了客廳，取了紅酒，倚在一旁自斟自飲，望著斐霏收拾餐桌，說：「第一步成功了，接下來要進行第二步。」

「我要一支親兵。」大堂哥這麼說，以往他在第五研究部幾乎沒有親信，他身邊大部分都是斐霏的眼線，他只有少數幾個親信，在奈落時，他兩個心腹都被斐姊和手下殺了。

「我挑一批人給你。」斐霏這麼說。

「不……」大堂哥想了想，搖搖頭，說：「消息會傳開來，這事要祕密進行……如果，如果聖美在就好了。」

聖美是他父親專屬的女奴，名義上稱大堂哥的父親作乾爹，許久之前，聖美被派往三號禁區誘惑麥老大，再以特殊的藥物和儀器，漸漸讓麥老大喪失心神，聖美並不知道她乾爹的死因，袁唯仍以上司的名義，指揮著聖美進行任務。

「聖美……聖美……」大堂哥喃喃自語，突然說：「打電話問妳弟弟，聖美是不是在奈落？」

「那是……我爸爸的乾女兒……」大堂哥這麼說：「當時她被狄念祖打傷了，那天如果她沒和袁唯回第三研究室，應該在黑雨機構養傷才對，黑雨機構後來不是被我們攻陷了嗎？我聽說大部分的人員都遷往奈落了，對吧？我要那批人，三號禁區那批人，妳……妳計畫一下，安排當中一些頭兒和我見面，對了，吉米，讓吉米和我見面！」

「……」斐霏擦著桌子，點點頭。「好。」

「還有……」大堂哥突然又想到了什麼，他嚥下一口口水，說：「我要她……擔任我的貼身侍衛。」

「誰？」斐霏問。

「我還沒替她取名字。」大堂哥露出了曖昧的笑容。

□

「什麼？」

狄念祖訝然地望著溫妮，像是一時間沒聽懂溫妮那話的意思。

「嗯……斐霏要見月光。」溫妮這麼說。

「妳們將事情告訴她了？」狄念祖不禁有些惱火。「我的任務不是一直很順利嗎？妳……」

「不。」溫妮連連搖頭，她露出了迷惘的神情。「我沒說。」

「那是斐姊說的？」狄念祖問。

「我不知道。」溫妮答：「我已經好幾天沒見到斐姊了，斐霏說斐姊身體不適，這些天都在家中休養。」

「我能和月光一起見斐霏嗎？」狄念祖深吸了口氣，問。

「讓我請示一下。」溫妮這麼說，取出手機，講了半晌，接著對狄念祖說：「可以。」

一路上，月光低著頭，一句話也不說，心中不知在想些什麼。溫妮走在最前頭，身邊並無任何隨從，她似乎一點也不擔心解開腳鐐的月光會突然向她或是狄念祖展開攻擊。

他們搭乘電梯，上了數層樓，轉入一條不起眼的通道，進入一間小會議室。

那會議室比狄念祖想像中更小，只有五坪左右，僅有一張小會議桌，數張椅子，但這小會議室中瀰漫的那股詭譎氣氛，讓狄念祖繃緊了神經，額上不停發汗——

斐霏和大堂哥，並肩坐在離門三公尺左右的小會議桌後。

「溫妮，妳先出去，我和他們聊聊。」斐霏淡淡地說。

「是。」溫妮似乎感受到空氣中的微妙氛圍，但斐霏的命令分量等同於斐姊，她只得乖乖退出小會議室，將門關上。

「你是誰啊？」大堂哥站了起來，皺著眉頭盯著狄念祖。「斐霏說你要陪她一起來？你是小侍衛？我不記得她們有這麼大的侍衛啊……」

「……」狄念祖這才想起，他雖與大堂哥見過幾次面，但不是全身長毛，就是落魄得像頭野獸，此時他穿著乾淨襯衫，人模人樣，大堂哥根本沒認出他。

「他是狄國平的兒子，現在負責替我們入侵袁唯的電腦系統。」斐霏這麼說：「他曾經被袁唯俘虜過，在黑雨機構待了一段時間，似乎和你要的人認識。」

「喔？你在黑雨機構待過？」大堂哥眼睛一亮，問：「你叫什麼名字？」

「狄念祖……」狄念祖報出名號，心中只覺得奇怪，大堂哥在妻子身邊，說起話來自信滿滿，一點也沒有傑克所形容的那般唯唯諾諾。

「也讓他加入。」大堂哥對斐霏指著狄念祖。

「好。」斐霏點點頭，對狄念祖解釋：「我要替正男安排一支親信侍衛，正男想要新人，你願意嗎？」

「什麼？」狄念祖聽得一頭霧水，他喃喃說著：「我不大明白……這……」

「妳以後就是我的貼身侍衛，負責保護我、照顧我，明白嗎？」大堂哥並沒有理睬狄念祖，而是站了起來，微微笑著，望著月光這麼說。

「我……」月光雖然也不明所以，但王子親口吩咐，她自然也沒有異議，她點點頭，說：「我明白了。」

「正男，你要狄念祖也加入你的親衛隊，但他現在還有任務在身。」斐霏這麼說。

「沒關係啊，平常我派給你們用就是了。」大堂哥呵呵地笑說：「我本來就是第五研究本部的最高負責人，你們全是我的部下，替我做事，不是嗎？」

「是啊。」斐霏點點頭。

「妳其他小侍衛呢？」大堂哥問著月光。

「他們……他們都在房裡。」月光答。

「我全要了。」大堂哥指著月光，對斐霏說：「那些小東西最大的優點就是忠心，我要一批最忠心的手下，吉米那傢伙好用歸好用，但我信不過，有她和那些小東西，我會比較放心。」

「好。」斐霏點點頭，突然問月光：「妳叫什麼名字？」

「我……」月光茫然地搖搖頭，說：「我不知道……」她這麼說時，望了大堂哥一眼，便又心虛地低下頭。

「可能實驗室還沒替她取名字吧，以後我會替她取個名字。」大堂哥似乎還不願讓斐霏知道月光的眞實身分，便隨口敷衍。

月光聽大堂哥說要替她取名字，不禁露出了笑容。

□

「什麼……」溫妮一臉不可置信地望著狄念祖，現在換她震驚了。「那你現在的任務要中止？」

「他說平常會把我借給妳用……」狄念祖沒好氣地收拾臥房桌上的隨身事物，準備前往新部門。

傑克窩在一旁聽狄念祖轉述斐霏的命令，忍不住開口：「大堂嫂該不會被洗腦了吧，這不是我知道的大堂嫂呀，我所知道的大堂嫂，絕不可能讓月光這麼漂亮的女孩來擔任大堂哥的貼身侍衛。」

傑克這麼一開口，溫妮和狄念祖互望了一眼，似乎都有了同樣的想法。

「不……」溫妮抿著下唇，靜默不語，像是不願接受傑克這說法。

「妳放心吧。」狄念祖在步出小會議室時，似乎就已做好了盤算，他說：「我可以幫妳暗中觀察，有什麼風吹草動，我會第一時間向妳回報。」

「這樣的話，是最好……」溫妮點點頭，又問：「那麼，你的要求是？」

「我沒有什麼要求。」狄念祖笑了笑，說：「我只是想讓妳知道，現在的情形詭異到了極點，我這麼一去，恐怕會有危險，而妳也擔心斐姊和斐霏的狀況，如果我們合作，對彼此都好。」

「好。」溫妮點點頭，猶豫半晌，突然湊近狄念祖耳邊，用極低的聲音說：「在最緊急的情形之下，我授權你殺袁正男，一切後果我來承擔。」

「……」狄念祖見溫妮露出了前所未見的冷峻表情，不禁肅然，他問：「什麼是最緊急的情形？」

「籠統一點講的話，就是當他危及斐家人性命安危的時候，但我知道，如果是單單只是爲了斐家人，你或許不會出手，所以我向你擔保，不論你爲了任何理由殺死袁正男，包括爲了守護她，我也會替你扛下責任。」溫妮指著在另一旁摺疊衣物的月光。

「哼哼，我要是眞動手的話，這個責任妳也扛不起。」狄念祖將筆電放入提袋中。

「總之我見機行事吧。」

《月與火犬8》完

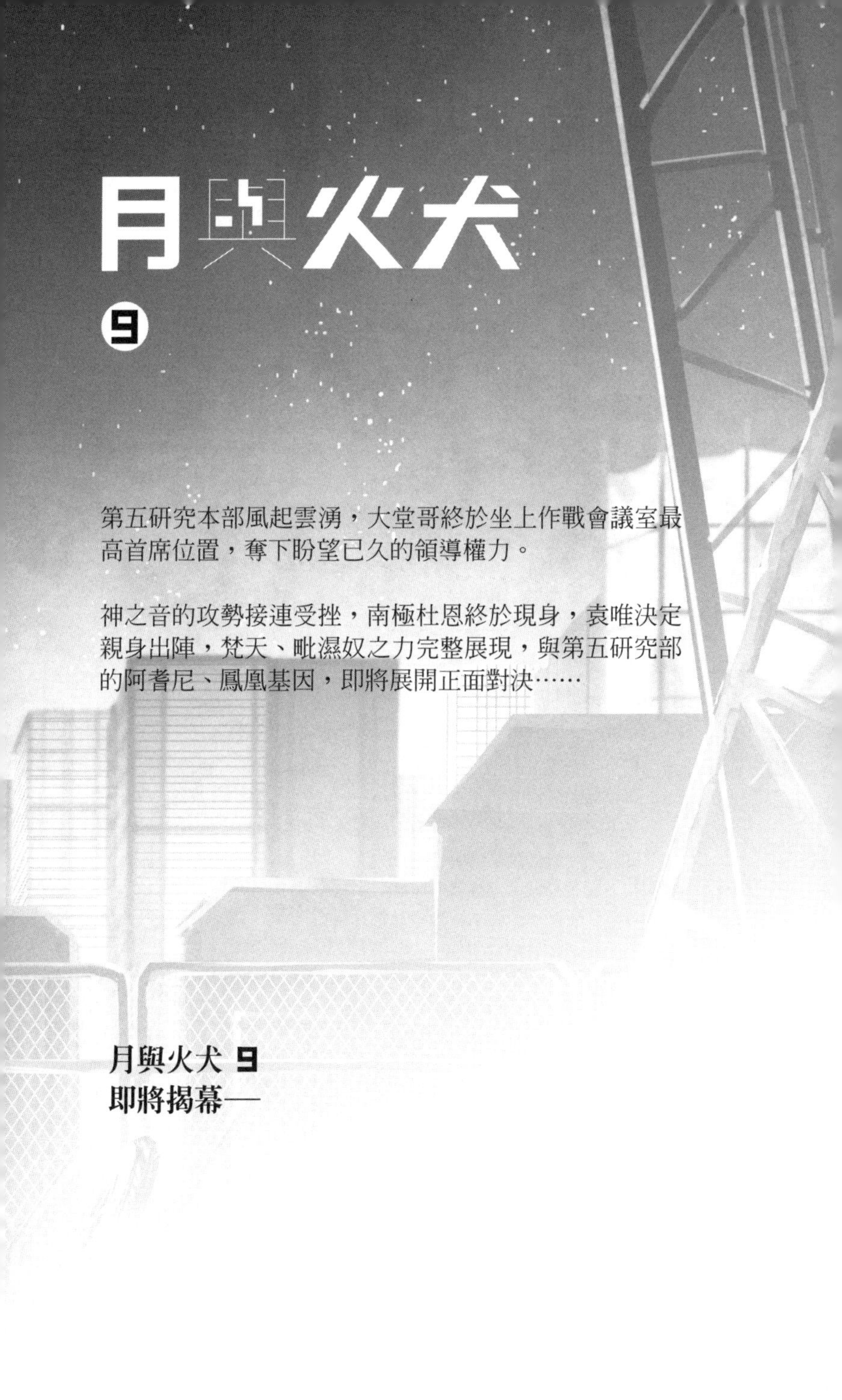

月與火犬

9

第五研究本部風起雲湧，大堂哥終於坐上作戰會議室最高首席位置，奪下盼望已久的領導權力。

神之音的攻勢接連受挫，南極杜恩終於現身，袁唯決定親身出陣，梵天、毗濕奴之力完整展現，與第五研究部的阿耆尼、鳳凰基因，即將展開正面對決……

月與火犬 9
即將揭幕——

國家圖書館出版品預行編目資料

月與火犬8／星子 著；.—— 初版. ——台北市：
蓋亞文化，2012.08-
冊；公分.——（月與火犬；8）（悅讀館；RE258）

ISBN 978-986-6157-86-8 (平裝)

857.7 100005358

悅讀館 RE258

月與火犬 8

作者／星子
插畫／Izumi
封面設計／克里斯
企劃編輯／魔豆工作室
電子信箱◎thebeans@ms45.hinet.net
出版／蓋亞文化有限公司
地址◎台北市103赤峰街41巷7號1樓
電話◎（02）25585438 傳真◎（02）25585439
網址◎www.gaeabooks.com.tw
電子信箱◎gaea@gaeabooks.com.tw
郵撥帳號◎19769541 戶名：蓋亞文化有限公司
法律顧問／十方法律事務所
總經銷／聯合發行股份有限公司
地址◎新北市新店區寶橋路二三五巷六弄六號二樓
電話◎（02）29178022 傳真◎（02）29156275
港澳地區／一代匯集
電話◎（852）27838102 傳真◎（852）23960050
地址◎九龍旺角塘尾道64號龍駒企業大廈10樓B&D室
初版二刷／2013年6月
定價／新台幣 220 元
Printed in Taiwan

GAEA ISBN／978-986-6157-86-8

Gaea

Gaea